異世界ゆるり紀行 9

子育てしながら冒険者します

Minazuki Shizuru

水無月静琉

ボルト
タクミの契約獣となった
サンダーホーク。
アレン
水神の子で、妹・エレナと
ともにタクミに保護された
少年。格闘術が得意。
エレナ
水神の子で、タクミに
保護された少女。
格闘術が得意。
タクミ・カヤノ
異世界に風神の眷属として
転生した本作の主人公。
アレンとエレナの保護者。
登場
CHARACTER
人物

ベクトル
タクミの契約獣となった
スカーレットキングレオ。
小型にもなれる。
マイル
タクミの契約獣となった
フォレストラット。
ジュール
タクミの契約獣となった
フェンリル。
小型にもなれる。
フィート
タクミの契約獣となった
飛天虎。小型にもなれる。

第一章　のんびりしよう。

僕、茅野《かやの》巧《たくみ》はエーテルディアという世界に転生した元日本人。

僕の異世界生活は、この世界に来るきっかけを作った神様の一人、風神シルフィリール――シルの眷属《けんぞく》となったり、アレンとエレナという双子の子供を保護したりして始まった。

アレンとエレナは実は水神様の子供だったんだけど、今では本当の弟妹のように過ごしている。

素材を採取したり、迷宮に潜ったり……この世界での出来事は何もかも新鮮で、あっという間にそろそろ一年が経つ。

常識なんて何も知らない僕がここまでやってこられたのは、この世界の人達が手助けしてくれたからこそだ。

最初に辿《たど》り着《つ》いた街のシーリンでは、騎士であるグランヴァルト・ルーウェン様やアイザック・リスナーさん。次に訪れた街、ベイリーではアイザックさんのお兄さんで領主であるセドリック・リスナーさん。王都ではヴァルト様の両親であるマティアス・ルーウェン、レベッカ・ルーウェン夫妻。さらにさらにガディア国の王族の皆さん。

他にも親しくしてくれる知り合いはたくさんいるが、いろんな人に助けられている。

今はケルムという街にいるが、そこでも『ドラゴンブレス』という冒険者パーティの一員であるルドルフさんがいろいろと手助けしてくれている。

今日も今日とて、冒険者ギルドで薬草を売却したのだが、珍《めずら》しいものだとは全く思わずにいろいろ売ろうとして、そこでルドルフさんから正しい知識を教えてもらった。

しかし、稀少《きしょう》なものだと教えられても、それがひょんなことから簡単に手に入ったりするので、どうしてもそうだという認識に欠け……ついやらかしてしまうことも多いんだよね。


「タクミ！　帰ってきたか！」

僕と子供達、それからルドルフさんがケルムの街で宿泊している『白猫亭《しろねこてい》』という宿に戻ると、店主であるダンストさんが待ち構えていた。

「ダンストさん、どうしたんですか？」

「ザックに聞いた。ケルム岩塩を持っているんだって？」

「はい、持っていますけど……」

「少し売ってくれ！」

ザックさんから？　ああ、ザックさんはルドルフさんと同じ冒険者パーティのメンバーだから、今日出かけた時にでも話題になったかな？

そう思っていると、隣でルドルフさんがすまなそうな顔をしていた。

「あ～、すまん、タクミ。情報源は俺だ。今日、『料理を作る腕が良いと、素材の良し悪しはあまり関係ない』みたいな話になってな。だが、そこでうちのパーティのアイリスが、ケルム岩塩を使えば自分でも美味《うま》い料理が作れるはずだって息巻いたんだよ。それを『無理だ』とザックに挑発されて、ケルム岩塩を掘り出して試してみるなんて言い出したんだ」

「……ああ、それで僕がケルム岩塩を持っているから、少し分けてもらえ的な話になった感じですか？」

「正確には『売ってもらう』だがな」

なるほど、そういうことだったのか。

「それで、その話題がここでも出て、ダンストさんの耳に入ったんですか」

僕の言葉にダンストさんが頷《うなず》く。

ケルムの鉱山で見つかる岩塩――ケルム岩塩は人気があるって聞いていたけど、需要は主に貴族だと思っていた。だって、そこそこ良い値段で売れたからね～。

まあ、高いと言っても所詮は塩だから、普通の料理人でも手が出せるくらいなんだろうな。それでダンストさんも、厨房《ちゅうぼう》用に用意しておきたいってところだろうか。

「料理がどんな風に変化するのか一度だけ使ってみたいんだ」

「……一度だけ？」

あれ？　僕が思っていたのとちょっと違う……っぽい？

えっと……使ってみたいってことは、どんな味なのか試してみたいってことだよな？

これまでに使ったことはないんだろうか。

「そりゃあ、良い食材を使って料理を作りたいという欲求はあるが、俺はそれ以上に、普通の食材を使っても良い食材に負けない料理を作りたいんだ！」

「おぉ！」

ダンストさんの心意気、格好良い!!

「ケルム岩塩を使ってみたいと言ったのは、味を知らないとその味を目指せないからですか？」

「ああ、そうだ」

うん、合っていたようだ。

やはり〝目指す味〟というものを知らないと切磋《せっさ》しづらいからな！

「ダンストさん、一回分の塩でいいのなら譲ります。お金はいりません」

「だが、それでは……」

「ダンストさんの目標を応援したいんです。あっ、僕が所持している魔物肉とかも提供しますよ」

他人には高ランクの魔物肉をほいほい提供しないようにといろんな人から忠告されているが、ここはダンストさんのために一肌脱ごうじゃないか！

えっと……イビルバイパー、オークジェネラル、アーマーバッファロー、コカトリスあたりの肉なんてどうだろう？

そう考えていると、ルドルフさんが慌てて声を上げた。

「待て待て待てっ！　タクミ、今考えていることは絶対に口にするなよ！　いいか、絶対だぞ！　そして、現物も出したりするなよ！」

「……え、駄目ですか？」

「駄目だ！　間違いなく駄目だ！」

え～、食材の提供は駄目か～。

というか、ルドルフさんはとうとう僕が内心で考えていることまで察するようになっちゃったか～。

「ほら、あれだ。質素な食材のほうが塩の良し悪しがわかりやすいはずだ！」

ルドルフさんがそう言ったが、確かにそれはその通りだ。

コカトリスの肉でサンドイッチを作った時もそうだったけど、美味しい肉を使っちゃうと、本当に塩で美味しくなっているかわからなくなっちゃったもんな。

「手に入りやすい食材か……」

「年中食べられているものだと、エナ草やマロ芋だな。それで妥協《だきょう》しろ」

「マロ芋！」

マロ芋というのは地球でいうジャガイモみたいな野菜なんだけど……ポテトチップスなんて良い

んじゃないか？

マロ芋は一般的な食材で、安くて年中手に入る。

それにポテトチップスなら、スライスした芋を揚《あ》げただけだから、塩の味がよくわかりそうだしな。

何よりも、僕が食べたいのだ！

「何だ？　何か良い料理が思いついたのか？」

僕が目を輝かせたのを見て、ルドルフさんが期待するような表情になる。

「はい、マロ芋を揚げたものが食べたいな〜って」

何か、この説明だとフライドポテトみたいだが……とりあえず、それはいい。

そんなことより、ルドルフさんの中ではいつの間にか、僕が料理を作るような流れになっていないか？

「あげるって何だ？」

ルドルフさんから待ったが掛かってから成り行きを見守っていたダンストさんが、調理方法の話が出た途端、会話に参加してきた。

「たっぷりの熱した油で加熱する調理方法です」

「そんな調理方法があるのか。それはかなり油を使うよな？」

「そうですね。ちなみに油なんですが、何度かは使えますけど、ずっと使い続けると臭いがするようになりますね」

「なるほど」

ダンストさんは真剣な顔で話を聞いている。

「ダンストさん、夜の営業の準備は終わっているんですか？　今から時間があるなら、一緒に作りませんか？」

「ああ、終わっているから問題ない。是非とも頼む！」

というわけで、僕はダンストさんと一緒にポテトチップスを作ることにした。


早速、厨房に移動して準備を進めていく。

よく洗った皮つきのままのマロ芋を薄くスライスして水にさらし、しばらくしてからよく水気を拭く。

「「はなれたー！」」

そしていよいよ揚げるという段階になると、アレンとエレナが元気よく声を上げた。

それを見て、ダンストさんが首を傾げる。

「タクミ、あれはどういう意味だ？」

「揚げるのは危ないので、離れるように言ってあるんです」

「ああ、なるほど」

えっと……トンカツを作った時かな？　揚げる時は少し離れてくれないと作れない、と言ったのを覚えていたのだろう。

さっきまでお手伝いをしてくれていた二人だったが、今は僕とダンストさんからしっかりと距離を取っている。

「じゃあ、揚げますか」

最初のうちは僕が見本を見せるように揚げていき、途中からダンストさんと交代する。

どんどん揚げて、皿が山盛りになるまで作った。

たくさん作るのに越したことはないだろう。ポテトチップスってあっという間になくなってしまうからな！

「最後に塩、っと」

普通の塩とケルム岩塩、味比べのために二種類かけてみる。

「アレン、エレナ、これを食堂のほうに運んでー」

「「はーい」」

ポテトチップスを小分けに盛った皿を、アレンとエレナに運ぶように頼むと、張り切って運んでいった。

「ダンストさん、僕達も食堂に移動しましょう」

「おう、そうだな」

僕も皿を持って食堂に向かうと、そこには子供達と『ドラゴンブレス』のみんなが、輪になるようにポテトチップスを取り囲んで待っていた。

さっきまでルドルフさん以外はいなかったのに、いつの間に集まっていたんだ？

「タクミ、早く食わせてくれ！」

ルドルフさんが待ちきれないといった風に言ってくるので、思わず笑ってしまう。

「ダンストさんが最初ですよ。——アレンとエレナの分はこれだから、こっちにおいで」

「「うん！」」

「熱いから気をつけて、ゆっくり食べるんだよ」

アレンとエレナに声を掛けると、喜んで輪から抜けてこちらに駆けてきたので、ゆっくり食べるように言いつける。

「さあ、ダンストさん、どうぞ。ちなみに、こっちがケルム岩塩ですね」

「じゃあ、いただく」

ダンストさんは緊張した面持ちで、それぞれのポテトチップスを食べていく。

「もう、いいな？　ダンストが食べたんだし、俺達も食べていいよな？」

ダンストさんが口にしたのを確認して、ルドルフさん達がポテトチップスに群がり、バリバリと食べ始めた。

「おぉ！　このパリパリ感が堪《たま》らないな！」

「何だこれ、うめぇ！」

「美味《うま》っ！　これがマロ芋なのか⁉」

「美味しいです！」

ルドルフさん達は感想を漏《も》らしながら食べているが、とにかく勢いが凄い。アレンとエレナの分は別にしておいて良かったな～。

「……美味《うま》い。普通の塩のほうも美味《うま》いんだが、ケルム岩塩は何て言うか……旨味が別物だ」

そんな中、ダンストさんが静かに言葉を零す。

「そんなに違いがわかりますか？」

「ああ」

僕も食べてみることにする。

「あ、本当だ。この食べ方だと味の違いがわかりやすい」

「「こっち、おいしい！」」

「うん、そっちはケルム岩塩のほうだな」

言葉では言い表すのは難しいが、ケルム岩塩のほうが美味しく感じた。

正直、こんなにも差が出るなんて思いもしなかった。これならケルム岩塩を使うだけで料理が格段に美味しくなるという話も信憑性《しんぴょうせい》が出てくるな。

「いや～、それにしても……止まらない」

久しぶりに食べたが、やはりポテトチップスはいいな～。

これってお手軽塩シリーズを使えば、いろんな味のポテトチップスが簡単に作れるんじゃないか？　あ、でも、のり塩がない！　ポテトチップスにのり塩は欠かせないのに！

ん～、フィジー商会会長のステファンさんにお願いしたら、青海苔《あおのり》を探して作ってくれるかな？

そんなことを考えていると、ルドルフさんが真剣な表情でこちらを見てくる。

「なあ、タクミ」

「何ですか？」

「これ、タクミから貰《もら》ったあの塩を使えば、いろんな味が楽しめるんじゃないか？」

おぉ！　ルドルフさんも気がついたか！

「僕もそれを思っていたところです」

特にカレー塩なんか、子供達が好きだと思うんだよね～。

「ルドルフさん、いろんな味の塩って何ですか？」

僕とルドルフさんの会話に、アイリスさんが疑問に思ったようだ。塩について尋ねてくる。

「タクミに貰ったんだがな、振りかけるだけでいろんな味になる塩があるんだよ！　野菜でも肉でも、ただ焼いただけのものに一振り！　それだけで味の変化が楽しめるのさ！」

「それは凄ぇ！　いろんな味って何があるんですか⁉」

「そんな便利なものがあったんですね！」

「え！　何ですか、それ！　とっても画期的じゃないですか！」

ルドルフさんがお手軽塩について自慢気に他のパーティメンバーに教えると、三人ともとても食いついていた。

「聞いて驚け！　コショウ、カレー、ニンニク、ショーガ、レモネー、ミンス、ハーブ、唐辛子、オレン、ユズユ、ライネ、緑茶。十二種類の味がある！」

「「「おぉ！」」」

お手軽塩の製作に関わった僕でもたまに種類を忘れそうになるのに、ルドルフさんは一度聞いただけでもしっかりと覚えているようだ。凄い記憶力だな。

「焼いたものにかけるだけでいいのか！」

「それ、野営にぴったりですね！」

「「じゃあ、これでアイリスの料理から解放される！」」

ザックさんとギルムさんが息ピッタリである。

そんな仲間の言葉にアイリスさんの様子がおかしくなっていく。

「……ザック、ギルム」

怒っている。間違いなく、アイリスさんは激怒している。

しかも、効果音が——ゴゴゴッ、と聞こえてきそうである。

「「……あぅ～」」

そんなアイリスさんを見て、アレンとエレナが怯《おび》えてしまった。

しかし、それに気づかずに三人は会話を続けている。

「……保存食だけでは味気ないだろうと、頑張っていたのに！　人の親切を何だと思っているんですかっ!!」

「誰も頼んでないだろう！」

「気持ちはありがたいんだが、どう頑張っても食べられないものだったしな～。それに、食材の無駄？」

「なんですって!!」

ザックさんもギルムさんも、さらに煽《あお》るようなことを言わなくてもいいのに～。

「……また始まったか」

「ルドルフさん、止めなくていいんですか？」

ルドルフさんがアイリスさん達の言い合いから逃げるように移動したので、僕はアレンとエレナを抱きかかえて離れたテーブルへと移動する。

「まあ……これはいつものことだな。ザックは基本的に思ったことはすぐに口にしてしまうタイプだし、ギルムは大人しめな奴ではあるんだが、無駄が嫌いなんだよ。アイリスはあれで頑固《がんこ》だから、言われれば言われるほど引かなくなるタイプだしな」

「……それで、ルドルフさんは傍観《ぼうかん》するんですか？」

「俺にはあれを止めるのに使う体力はない。それに、あれであの三人は仲が良いんだよ。じゃれ合っていると思えばいい」

……ガチの喧嘩《けんか》っぽく見えるのに、じゃれ合っている？

「そうは見えませんけど……」

「だろうな」

僕としては仲違《なかたが》いしてしまうのではないかと心配になるが、ルドルフさんは心配する素振《そぶ》りもない。本当にいつものことで、かつ些細《ささい》なことなのだろう。

「そうだ、タクミ。野外で美味《うま》いスープを簡単に作る方法はないか？」

ルドルフさんが突然話題を変えた。アイリスさん達のことは完全に放っておくようだ。

「スープですか？」

「そうだ。タクミから貰った塩のお蔭《かげ》で、ただの焼きものなら格段にマシになる。となると、今度はスープを良くしたくてな」

「ん～？」

スープを簡単に作る方法ねぇ～。

とはいっても、スープって料理としてはそんなに難しくないよな？　具材を煮て、調味料で味付けするだけだし。

それをもっと簡単にするなら、お湯を注ぐだけでできるタイプのスープ……粉末とか、フリーズドライか？

粉だと具がないものになってしまうし、お手軽塩でも代用はできそうから、ここはやはりフリーズドライだろうな。確か凍らせて乾燥《かんそう》させればよかったはずだから、それなら魔法でできるだろう。

「……できないことはないかな？」

「本当か⁉」

僕の呟《つぶや》きにルドルフさんは表情を明るくする。

「本当に上手くいくかはわからないので、近いうちに試してみます」

「おう！　頼む！」

フリーズドライにすれば日持ちするだろうから、子供達に持たせておく非常食にもなるだろう。積極的に頑張ってみようかな。

「でも、どうして突然料理に興味を持ったんですか？」

「あいつらが言い合いになるのは基本、料理の話題になった時だからな。食事に不味《まず》いものが出なくなれば、言い合いも減るかと思ってな」

なるほど。一見、放っておいたのかと思ったが、ルドルフさんはルドルフさんのやり方で気遣っていたようだ。

それにしても……そんなに頻繁《ひんぱん》に料理のことで言い合いになるのも凄い。まあ、それだけアイリスさんの料理に破壊力があるということだな。

「お前ら、いい加減にしないと子供達に嫌われるぞ～」

「「「へ？」」」

そろそろ食堂が営業を始める時間になることもあってか、ルドルフさんが言い合いしている三人を止める。

すると、アイリスさん達は不思議そうな顔をしながらこちらを見た。そして、子供達が僕にしがみついている様子に気がついた。

「お前らが大声を上げるから、すっかり怯えてしまっているぞ」

「「「えぇ⁉」」」

「子供達に嫌われる、それすなわち、タクミにも嫌われる」

ルドルフさんはそう言ってうんうんと頷く。

まあ、そうだな。子供達が怯えたままなら、僕はアイリスさん達には近づかないようになるかもな。

「そうなるとだな、もう美味《うま》いものにありつけなくなるということだ」

「「「えぇー‼」」」

ルドルフさんの言葉に、ザックさん、ギルムさん、アイリスさんが悲鳴のような声を上げた。

そこかい！　大事なのは美味しいものなのかい‼

「……ルドルフさん、僕の価値が料理だけみたいに聞こえるんですけど」

「わかりやすいたとえが料理ってだけで、タクミは良い奴だってわかっているから細かいことは気にすんな！」

「……」

にかっと笑うルドルフさんに、僕はそれ以上何も言えなくなった。

◇　◇　◇

翌日、僕は早速フリーズドライのスープを作ることにした。
場所は街の外。今回は北の山側じゃなく、東門を出て平原へとやって来た。
人がいないのを確認すると、まずはジュール達を呼び出す。
《今日は草原だ！》
《何するのー？》
初めに、スカーレットキングレオのベクトルとフェンリルのジュールが、わくわくした様子でじゃれついてくる。
《そうだな～、今日はお料理かな？》
《ん～、他の街に移動とかですかね？》
《わたしはまた採取だと思うの！》

飛天虎《ひてんこ》のフィート、サンダーホークのボルト、フォレストラットのマイルは、呼び出された用件を予想し合っている。
「今日は――料理がしたいんだよね」
《あら、私が正解かしら？》
「うん、そうだな」
予想を的中させたフィートは嬉《うれ》しそうにする。
的中させたご褒美《ほうび》が欲しいのだろう、フィートは撫《な》でるように要求してくるので、僕はフィートを撫でながら話を続ける。
「僕が作業している間、みんなはアレンとエレナと一緒に遊んでいてくれないか？」
《それなら大歓迎！　何して遊ぶ？》
《ふふっ、兄様、任せてちょうだい》
《兄上の作業の邪魔をさせないように、周囲の警戒もしないとですね！》
《わーい、遊ぶ～》
《アレン、エレナ、何して遊ぶの？》
「「……うにゅ～」」
僕のお願いにジュール達は二つ返事で了承してくれる。
だが、何故かアレンとエレナが浮かない顔をしていた。

「どうした、アレン、エレナ？」

「「おてつだいはー？」」

「そうか。二人は手伝いをしてくれるつもりだったんだ？」

「「うん！」」

「ありがとう」

とりあえず、僕は二人の頭を思いっ切り撫でた。

「でも、今日は試行錯誤《しこうさくご》になるから、みんなと遊んでいてくれるか？」

「「わかったー」」

子供達は、今度は満面の笑みで頷く。

《じゃあ、何して遊ぶー？》

「「ん～？　さいしゅ？」」

早速、とばかりにジュールが何で遊ぶか問いかけるが、子供達の返答はいつも通り過ぎるくらいいつも通りであった。

「……アレン、エレナ、採取は本来仕事だぞ？　他にやりたいこととかはないのか？」

「「……わかんない？」」

「本当に何もない？　もうちょっと考えてみて」

「「……う～ん？」」

もう一度考えてみるように言えば、二人は首を傾げながら一生懸命《いっしょうけんめい》に考えるが、何も思いつかないようだ。

「じゃあ、これなんてどうだ？」

僕は《無限収納《インベントリ》》から、バブルアーケロンの泡――サッカーボールくらいのシャボン風船を取り出して、子供達のほうへ放る。

「「あっ！　あわだ！」」

アレンとエレナはシャボン風船のことを覚えていたらしく、目を輝かせた。早速、アレンとエレナの間でシャボン風船が行き来する。どうやらお気に召してくれたようだ。

《何これ～？》

「かめの」

「あわ！」

《カメ？　泡？》

ベクトルがシャボン風船に興味を示し、アレンがキャッチしたシャボン風船を鼻先で突く。

「バブルアーケロンっているだろ。そいつが逃げる時に出す泡だよ」

《えっ!?》

シャボン風船の正体を聞き、真っ先にジュールが驚きの声を出す。

『細波《さざなみ》の迷宮』で遭遇《そうぐう》した亀の魔物であるバブルアーケロンは、敵が現れるとシャボン玉のような泡を吐き出して相手の動きを妨害し、その間に逃げるという習性を持つ。
普通ならその泡はすぐに割れるのだが、《無限収納《インベントリ》》に収納してから取り出すと、ナイフなんかで突いても割れなくなるのだ。
《バブルアーケロンの泡って触ると割れるよね!?》
《そうね～。少なくとも、こんな風に弾力のあるものじゃなかったわよね～》
《ぼくはバブルアーケロンと遭遇したことがありません。これがバブルアーケロンの泡ですか～》
《お～、ぽよんぽよんなの！》
ジュール、フィート、ボルト、マイルも次々とシャボン風船に触っていく。
「これはそう簡単には割れないから、みんなで蹴り飛ばして遊ぶのはどうだ？」
《それ、何か楽しそうだね～》
《やろう、やろう！》
子供達はすぐにバラバラに散り、まずはシャボン風船を手にしていたアレンが蹴り飛ばす。
「それ！」
シャボン風船はぽよーんと飛び、ベクトルのほうへ行く。
《よーし、行くぞ～》
続いて、ベクトルが飛んできたシャボン風船を思いっ切り前足で叩《たた》く。
「「あっ！」」

思いっきり叩き過ぎたせいで、シャボン風船はベクトルのすぐ前の地面に叩きつけられ、高く跳ね上がる。
《ベクトル、下にじゃなくて、前に力を入れないと駄目よ～》
《ぼくに任せてください……エレナ、行きますよ～》
跳ね上がったシャボン風船の軌道を、ボルトは空中でエレナのほうへと変える。
《エレナ、こっち、こっちー！》
「はーい、いくよ～」
エレナは飛んできたシャボン風船を、ジュールのほうへ上手く蹴り飛ばす。
《エレナ、上手！　フィート、行くよー》
《はーい。じゃあ、次はマイルね》
《はいなの……ふぎゃ！》
順調にシャボン風船を回すが、マイルがシャボン風船に潰されるという事件が起きてしまった。
みんなで慌ててマイルのところに駆け寄る。
「マイル、大丈夫か？」
「「だいじょーぶ？」」
《うぅ～……大丈夫なの～》
マイルは身体が小さいので、ちょっとこの遊びは辛いかな？

《この遊びはわたしには不向きっぽいの～。わたしはタクミ兄の傍《そば》にいるから、みんなで続けてなの！》
マイルを気遣って遊びそのものを止めようとする子供達だったが、マイルが僕と一緒にいるから大丈夫だと説得し、今度は二人と四匹で再開したのだった。

再び、子供達が遊びに夢中になり始めたところで、僕はスープ作りを始めることにする。
《タクミ兄、今日は何を作るの？》
「今日はスープを作るんだよ」
《スープなの！　何のスープなの？》
「それなんだよ。何のスープにしようかな～」
ミソ汁、コンソメ、クリーム、トマト、カレー……と、ざっと思いつくだけでもベースのスープにはこれだけの種類がある。さらに、加える具材の組み合わせを考えれば、かなりの種類が思いつく。
「ん～、この世界で一番馴染《なじ》みがあるのはコンソメスープかな？」
コンソメにもビーフにチキン、ポアソン《魚》などがあるけれど、今回はチキンコンソメにしよう！
《コンソメスープ！　わたし、具は卵がいいの！》
「卵か。うん、いいな。じゃあ、まずはそれを作ろう」

《やったなの！》
種類が決定したので、早速作り始める。
まずは捨てずに取っておいたコッコの鶏《とり》ガラを下茹《したゆ》でして掃除し、大鍋へ。そこにたっぷりの水とタシ葱《ねぎ》、ニンジン、ショーガなどの野菜を入れて火にかける。あ、臭み取りのためにレイ酒も少し入れるかな。
あとは灰汁《あく》を取りながら弱火でコトコト煮込む。もちろん、魔法で時間短縮するつもりだが、それでもこの作業は少し時間が掛かる。
大鍋のサイズに、マイルが目を丸くしていた。
《いっぱい作るの！》
「みんなもお昼に食べるだろう？」
《もちろん、食べるの！》
ついでにお昼ご飯用のスープも作るつもりだし、鶏ガラを煮込んでいる間にお昼ご飯用の料理やジャムやカスタードクリーム、シロップなんかの《無限収納《インベントリ》》にストックしておくものを作る予定でもある。
「お昼ご飯は……久しぶりにフレンチトーストにするか～」
《フレンチトースト！　嬉しいの！》
蜂蜜《はちみつ》はもちろん、果物やジャム、チョコレートソース、アイスクリームなどをたくさん用意して、好きなものをトッピングする形にしよう！
「とりあえず、いろんなジャムを作るかな」
《わたし、リーゴの実のジャムが食べたいの！》
「了解！　リーゴの実の他に、ランカ、オレン、イーチ……あとはリコの実のジャムを作るか。マイル、他に食べたい味はあるか？」
《えっと、えっと……ロンの実もいいの！》
「うん、ロンの実もいいな。というか、いっそのこと、持っている果物全部のジャムを作るかな？」
《賛成なの！》
果実についてはそれぞれ、地球のもので似ているのを挙げると、リーゴはリンゴ、ランカは桃。オレン、イーチ、リコはオレンジ、イチゴ、アセロラで、マイルが言っていたロンはメロンだ。
別にいくつかの種類に絞る必要はないので、順番に全種類のジャムと、人数分のフレンチトーストを作っていった。
《いっぱい作ったの！》
「ははっ、全部並べると凄い光景だな～。マイル、手伝ってくれてありがとう」
全て作り終えたところで、瓶詰《びんづ》めされた色とりどりのジャムをあえて《無限収納《インベントリ》》にしまわずに並べてみると、なかなか見応えのある光景になった。これもマイルが小さな身体で一生懸命、混ぜるのを手伝ってくれたお蔭だな～。

《役に立てて良かったの！　あ、タクミ兄、スープはまだなの？》
「ん？　そろそろ良さそうだな」
僕は良い具合に煮込まれたスープから鶏ガラと野菜を綺麗《きれい》に取り除き、塩で味を調《ととの》えて、最後に溶き卵を加えていく。
「よし、これでいいな」
《美味しそうなの！》
「ありがとう。マイル、少し味見してくれるか？」
《いいの！》
マイルは嬉しそうに、尻尾をピンと立てた。
「マイルは手伝ってくれたからな。みんなには内緒な」
《うんなの！》
小皿に少しスープをよそってマイルに渡すと、マイルは嬉しそうにスープを飲む。
《とっても美味しいの！》
「本当？　良かった」
うん、味は問題ないようだな。
「じゃあ、ここからが本番だ。――《フリーズ》」
僕はカップ一杯分のスープを、別の鍋に移して煮詰めて水分を減らし、ある程度濃くなったところで四角い容器に移して魔法で凍らせる。

《凍らせちゃったの？》

「そうだよ。それでこれを――《ドライ》」

今度は凍らせたスープを魔法で乾燥させていく。えっと、この作業の時は真空に近いほうがいいんだったよな？

風魔法で真空に近い状態を作りつつ、乾燥させることしばし。

《カラカラになったの！》

「水分がなくなったからな。ん～、これでいいのかな？」

《完成なの？》

「……たぶん？」

《たぶんなの？》

「そう。なにせ、初めて作ったからな」

カラカラになったスープを指でつまんで、状態を確認する。

けっこう軽くなったけど、ちゃんと乾燥されているので問題ないかな？

「見る限りでは大丈夫そうだな。まあ、お湯で戻してみればわかるか」

でき上がったばかりのフリーズドライのスープをカップに入れ、お湯を注いでみる。

《お湯を入れちゃうの？》

「そうだよ。あの乾燥した状態で持ち歩いて、食べる時にこうやってお湯を注いで」
スプーンでよくかき混ぜれば、見た感じは普通のスープに戻った。
《スープに戻ったの！》
「うん、大丈夫みたいだな」
試しに飲んでみれば、少ししょっぱかった。だが、それは注ぐお湯の量を変えれば問題ない。
《タクミ兄、持ち歩きやすいスープを作ったの？》
「うん、そうだよ」
《凄いの！》
「そうか？　ありがとう」
上手くできたので、あとは微調整。乾燥させた状態をもう少し小さくしたいので、味をより濃いめにして、少ない量でフリーズドライできるようにした。
それから卵スープのフリーズドライを量産していく。
「「おにーちゃん！」」
量産が終わったところで、子供達が駆け寄って来る。
《お兄ちゃん、お腹空いた～》
《兄ちゃん、ご飯ちょうだい！》
どうやらお腹が空いたので戻ってきたようだ。

「じゃあ、お昼ご飯にするか」
《みんな、ご飯はフレンチトーストなの！》
「「《《《やったー！》》》」」
みんなにそれぞれ好きなトッピングを選ばせてみる。
「「できたー！」」
《アレンのナナの実にチョコアイスとチョコソースの組み合わせ、とても美味しそうね～》
《エレナのイーチ尽くしも美味しそうですよ》
「「えへへ～」」
「フィートのもおいしそう！」
「ボルトのも！」
《あら、ありがとう》
《ありがとうございます》
アレンとエレナ、フィート、ボルトは、自分の好きな果物、ジャム、アイスを一種類ずつ選んでいく。
《ボクはイーチとリーゴ。あとはね、ミルクアイスとチョコアイス。あ～、木の実のアイスも捨て難《がた》い！　ロンの実のジャムもいいな～》
《オレは全部！》

《わたしはリーゴのジャムがいいの！》
ジュールとベクトルは数種類ずつ選び、マイルに至ってはリーゴのジャムのみを選んだ。こういう時って、性格が出るよな～。
《失敗した。美味しいんだけど、味が混ざってる～》
《欲張るからなの！》
みんな美味しそうに食べるが、ジュールだけは選び過ぎたことを後悔し、マイルに駄目出しされていた。
《混ざってても美味しいよ？》
そんな中、ジュール以上に複数のトッピングを選んだベクトルが、あっけらかんと完食していたのがとても印象的であった。

お昼ご飯を済ませて少し休憩《きゅうけい》した後、僕は子供達に再び遊ぼうと伝える。

フリーズドライのスープも完成したので、今度は僕も一緒にだ。

「さて、何をするかな？」

シャボン風船は午前中に十分堪能《たんのう》したようなので、午後からは違うことをしようと思い、まずは子供達に確認してみる。

「「えっとねー……さいしゅ！」」

するど子供達は、再び採取と叫んだ。

「……まあ、仕事のような内容とはいえ、楽しければ何でもいいか」

「「わーい！」」

「採取をするなら、鉱山の薬草のほうがいいから、山に移動するか。ジュール、フィート、お願いしてもいいか？」

《いいよ～》

《大丈夫よ》

僕はジュールに、アレンとエレナがフィートに乗って、すぐに山の中腹まで運んでもらう。

《お兄ちゃん、ここら辺でいいかな？》

「そうだな。ジュール、フィート、ありがとう」

《このくらい何でもないよ》

《ふふっ。そうよ、いつでも歓迎よ》

ジュールの背から降りて頭を撫でてあげると、フィートも寄って来たので、続いて撫でる。

「じゃあ、ここから登りながら採取するか」

「「うん！」」

《よし、アレン、エレナ！　いっぱい薬草を見つけるぞー》

「「おー！」」

まず初めに、ジュールがアレンとエレナを引き連れて駆け出していく。
《周囲の警戒はぼくがしますか？　それともベクトルがしますか？》
《オレがやる！　魔物は任せて！　行ってくる！》
続いて、ボルトとベクトルが、どちらが見張り担当になるか決める。
まあ、ベクトルが張り切って立候補し、早々に駆け出して行ったけどね～。
《自ら狩りに行っちゃったの！》
《ここにいて周囲を気にしていれば良かったのだけどね～》
《万が一、ベクトルが気づかない魔物が近づいてきても、ぼくが対処しますからいいんじゃないですか？》
《そうね～、良い素材を持って帰ってくるのならいいかしら？》
《そうなの！　美味しいお肉とか良い毛皮を期待するの！》
フィート、ボルト、マイルが、ベクトルの行動に呆《あき》れながらも許容を見せる。
「じゃあ、フィート、ボルト、マイルはどうするんだ？」
《ん～、私はどうしようかな～？　兄様は薬草を探すの？》
「うん、そうするつもりだよ。ゆっくりとね。まあ、薬草だけじゃなく食材とかも探すけどな」
フィートの言葉に頷くと、三匹とも目を輝かせる。
《じゃあ、私は兄様と一緒に探すわ。いいでしょう？》

《わたしも！　わたしもタクミ兄と一緒に探すの！》
《兄上、ぼくもいいですか？》
「もちろんだよ。じゃあ、行こうか」
僕はフィート、ボルト、マイルと一緒にゆっくりと歩き出した。
《それにしても、街の近くの山なのに全然人の気配はないのね～》
「そうだな。みんな、坑道のほうに行ってしまうのかな？」
《では、その坑道のお蔭でぼく達がこうして兄上達とご一緒できるんですね！》
ボルトが嬉しそうに言うので、僕は頷く。
「ははは～、そうなるな。でも、みんな坑道のほうに行くせいで、鉱山の薬草採取をする人が少なくなって、品薄になっているみたいだけどな」
《じゃあ、わたし達が頑張って採取すれば解決なの！》
「そうだね。まあ、僕達に都合が良いのは確かだから、ありがたくこの時間を堪能しようか」
僕達はゆったりと喋《しゃべ》りながら歩き、大量のテング草と火炎草、少量の月詠草とみわくの花をしっかりと採取した。
と、そこでとある草が目に留まった。
「おっと、これは……」
《あら、兄様、珍しいものを見つけたわね》

《フィート、これは火炎草じゃないんですか？》
《似ているけど、違うの！　これは火焔草《かえんそう》なの！》
火焔草は火炎草の上位版の薬草であり、見た目はほとんど一緒だが、少し暗めの色をしている。
そして、大変珍しいものである。
「先に歩いているアレンとエレナが見つけないで、僕が見つけるなんて珍しいな～」
《も、もしかして、同じ道を歩いていると思ってましたが、違うところを歩いているんじゃないですか!?》
《大変なの！　はぐれちゃったの!?》
僕の言葉を聞いて、ボルトとマイルがキョロキョロと周りを見渡し、アレンとエレナの姿を捜す。
《ボルト、マイル、落ち着いて。大丈夫よ、そんなに遠くには行っていないわ》
《あ、そうでした。フィートがいれば匂いで追えましたよね。というか、ぼくが空から捜せばいいんですよね～》
《そうだったの！　子供達のほうにもジュールがいるから問題なかったの！》
「そうだな。慌てる必要はないよ」
姿が見えなくても、ジュールやフィートがいれば匂いで追える。
それに、アレンとエレナには『追跡リング』という居場所のわかる魔道具を身に着けさせているので、ウィンドウ画面の地図に位置が表示されているはずだ。

「「おにーちゃん！」」

「お？　噂《うわさ》をしたら戻ってきたようだな」

《あら、本当ね》

子供達が全力疾走《しっそう》でこちらに駆けてくる姿が見えた。

「おかえり。どこまで行っていたんだ？」

僕のもとに戻ってきた途端、飛び込むように抱き着いてきたので二人の頭を撫でる。

「「あのね、あのねー。あっちにね」」

「けむりのでる」

「みずうみがあったの」

「煙の出る……湖？　ん？」

僕は子供達が言っている意味がわからず、二人に同行していたジュールを見る。

《えっとね、あれは湯気だね。お湯の湖だった！》

「湯気の出る湖？　で、ここは鉱山だし……もしかして、それは温泉かな？」

「「おんせん？」」

初めて聞く言葉に、アレンとエレナが首を傾げる。

「大きいお風呂のことだね」

「「それ！」」

《それだ！》

「へぇ～、それは見てみたいな。そこに案内してくれるかい？」

「「《うん！》」」

本当に温泉を見つけたのか気になったので、とりあえず、そこに案内してもらうことにする。

「「あっちだよー」」

《お兄ちゃん、あそこだよ。あそこ！》

「ああ、あそこか！」

しばらく歩いていくと、アレンとエレナ、ジュールの示す方向に湯気が上っているのが見えてきた。

「……結構な湯気だな」

温泉（仮）からかなりの湯気が発生しているらしく、周辺一帯が湯気で真っ白だった。

「でも、臭いは特にしないな～」

《臭い？》

《そう。温泉といえば、硫黄《いおう》……独特な臭いがするものなんだが、それが感じないんだよ」

《臭《くさ》いの？》

「あ～、ジュールやフィート、ベクトルにはきついかもしれないな～」

《っ!! それは嫌だ！　お兄ちゃん、行くのを止めよう！》

臭いと聞いて、途端、ジュールが温泉（仮）に行くのを嫌がる。
「今の時点で臭いがしないから大丈夫だよ。まあ、ちょっとでもジュールが嫌な臭いがしたら、その時は行くのを止めてすぐに離れることにしよう？」
《……それなら》
「じゃあ、ジュール、嫌な臭いがしたらすぐに教えてくれ」
《わかった》
しぶしぶだがジュールが納得してくれたので、温泉（仮）にもっと近づくことにする。
「フィートもベクト……あっ！　ベクトルがいない！」
と、その時、僕はベクトルがいないことに気がついた。
《あらあら、ベクトルは狩りに行ったままだったわね～》
《ぼくもすっかり忘れていました～》
《うっかりしていたの！》
僕だけじゃなく、みんなも忘れていたらしい。
だが、ベクトルなら匂いを追ってこられるだろうということになり、僕達はこのまま温泉（仮）に向かうことにした。

辿り着いた温泉（仮）は、全体が湯気で覆われているため、正確なところはわからなかったが、なかなかの広さである。しかも、臭いは全くと言っていいほどしない。

「肝心の水は……」

僕はすぐに【鑑定《かんてい》】で調べてみることにした。

《兄様、どう？》

「何も悪い成分はないみたいだな」

水質に何も問題はなく、温度も人肌より少し高いくらいのようだ。

さすがに【鑑定】では温泉の効能などはわからないが、問題ないということなら――

「これは入るしかないよな？」

「「おふろー！」」

街の外で、しかも魔物が出るかもしれない場所で裸《はだか》になるのは流石《さすが》に無防備かもしれない。

といっても、僕達にはジュール達がいるので問題ないと判断し、湯に浸かることにした。

早速、服を脱いで温泉に浸かってみる。

「ふはぁ～」

「「ふはぁ～」」

絶妙にいい湯加減で、僕はもちろん、アレンとエレナも気の抜けた声を出した。

《温かい水って気持ち良いね～》

《本当ね～。とても落ち着くわ～》

《これは心地よいです～》
《初めての感覚なの～》
ジュール、フィート、ボルト、マイルも気持ち良さそうに湯に浸かっている。
《みんな、こんなところにいた！》
少し体が温まってきた頃、全速力でベクトルが駆け込んできた。
《兄ちゃん、酷いよ！　オレのこと置いて行ったでしょう！　しかも、みんなでまったり寛《くつろ》いでるし!!》
「ごめん、ごめん。ベクトルの鼻は優秀だからな。匂いを辿って必ず追いついてくれるって信じていたんだ」
《そ、そんなことで誤魔化《ごまか》されないからね！》
最初は息巻くように文句を言っていたベクトルだが、僕の言い訳を聞くと、途端、照れたようにそっぽを向いた。
《ベクトル、兄様を責めては駄目よ。兄様が行きたいところに行くのを助ける。それが私達の役目なのだからね》
《そうだけど～～～》
《責めるなら、合図を出さなかった私達にしなさい》
フィートがそう諫《いさ》めていると、ジュール、ボルト、マイルが順番に謝罪する。

《ベクトル、ごめんよ～。次はちゃんと呼ぶからさ～》
《すみません。気をつけます》
《ごめんなの》
そう口々に謝られて、ベクトルはしょうがないな、と納得した様子を見せる。
《だけど、ベクトル！　そもそも、兄様達に魔物が近づかないようにしに行ったのだから、兄様達の位置はちゃんと把握《はあく》していないと駄目でしょう！　狩りに夢中になって見失った……なんて言わないわよね？》
しかしそこで、フィートが謝罪はここまで、とばかりに表情を一変させ、今度は説教を始めた。
《そこはベクトルの悪い癖《くせ》よ。直すようにしなさい！　だいたいベクトルは……》
『……がる～ん』
ベクトルはすっかり項垂《うなだ》れてしまっているが、フィートの説教は終わりそうにない。
さすがに可哀想だから止めようか。
「ありがとう、フィート。でも、僕も悪かったことだし、そろそろ止めてあげて」
《もぉ～、兄様は甘いんだから～。――ベクトル、兄様に免じて今日はこのくらいにしてあげるけれど、今度からはもう少し考えてから行動するのよ》
《は～ぃ。気をつけま～すぅ》
フィートに声を掛けると、仕方がないとばかりに説教を終了してくれた。

「ベクトル、こっちおいでー」

「ベクトル、きもちいいよー」

話が終わったのを見計らって、アレンとエレナがベクトルを呼ぶ。

《ん？　そういえば、兄ちゃん達は何していたの？　裸だし？》

「お風呂だよ。ここの水は温かいんだ。濡《ぬ》れるのは嫌いかもしれないけれど、水とは違うから入ってみな」

《ん～、わかった。入ってみる》

僕の言葉に素直に従って、ベクトルも温泉に入って来る。

「どうだ？」

《うん、気持ちいいね。これなら水と違って大丈夫だ！》

「そうか、それは良かった」

ベクトルもお湯に浸かるのは大丈夫なようなので、僕達は全員で本格的に温泉を堪能する。

「んにゃ～」

そうしてまったりしていたら、気持ち良さそうな小さな鳴き声が聞こえてきた。

「ははっ、フィート、声が漏れているぞ」

《あら、兄様。私じゃないわよ？》

「え、そうなのか？　でも、アレンとエレナでもないよな？」

「「ちがーう」」

猫系の鳴き声だったのでフィートかと思ったが、違ったようだ。もちろん、子供達でもない。

《あ、お兄ちゃん、あそこ、あそこ！》

「「あ、にゃんこー」」

「本当だ。あれは……ヤマネコかな？」

ジュールが鼻先で示した方向に目を向けると、ヒョウ柄の猫がお湯に浸かっていた。

《魔物じゃなくて普通の猫のようですね》

《ここは魔物も出るのに、のんびりした猫なの！》

ヤマネコは本当に気持ち良さそうに温泉を堪能しているので、ボルトとマイルが感心している。

そんな様子を見て、アレンとエレナがヤマネコに近づこうとする。

「んにゃ！」

「「あう～」」

しかし、ヤマネコは威嚇《いかく》するように鳴いてしまった。

子供達は口元をお湯に沈めてブクブクとさせながら落ち込む。

「んにゃ！」

《ちぇ～、気づかれたか～》

ベクトルも別の角度からヤマネコにそっと近づこうとして威嚇されていた。

「完全に無防備というわけではないようだな」

《アレンとエレナでも駄目だなんて、むしろ警戒心の塊だよね》

《あのパステルラビットでも大丈夫だったのに、なかなか手強《てごわ》い子ね～》

ジュールとフィートが、冷静にヤマネコを観察する。

「「おにーちゃん！」」

すると突然、アレンとエレナが湯から勢いよく立ち上がると両手を差し出してくる。

「な、何だ？　どうした？」

「「ミルク、ちょーだい！」」

「ミルク？　ああ、あのヤマネコにあげるのか？」

「「うん！」」

ヤマネコに懐《なつ》かれたくて必死のようだ。

「わかったわかった。とりあえず、湯冷めするからお湯に浸かりなさい」

「「は～い」」

子供達がお湯に浸かったのを確認してから、僕は《無限収納《インベントリ》》からミルクを取り出して深めの皿に注ぎ、子供達に渡す。

「ほら、これでいいか？」

「「うん！」」

「もういっかい」

「いってくるー」

「ほどほどにな～」

「「わかったー」」

ミルクを受け取った子供達は、またゆっくりとヤマネコに近づいていく。

「ミルクだよ～」

「おいで～」

「んにゃ！」

しかし、ヤマネコはミルクで誘われないどころか、ますます警戒心をむき出しにしていた。

「「むぅ～」」

上手くいかなくて、アレンとエレナは頬《ほお》を膨《ふく》らませる。

《あらあら、やっぱり駄目みたいね》

《仕方がないよ。野生の動物がほいほい人間に懐くなんて無理なんだしさ！》

フィートとジュールはむくれる子供達に近づき、慰《なぐさ》めるようにすり寄る。

まあ、二匹の言うように、普段あれだけ懐かれるのが異常といえば異常なんだよな。

「アレン、エレナ、僕達には近づかないけど、ミルクは飲むかもしれないから、どこかに置いてあげな」

「「……わかった」」

アレンとエレナは少ししょんぼりしながらも、ヤマネコが行きやすそうな陸地にミルクを置くと、そっと泳いで戻ってくる。

《とっても見ているの！》

マイルの言う通り、子供達が離れたのを確認したヤマネコは、ちらちらとミルクを見ている。

「もう少し離れたほうがいいかな？」

《そうですね。あの様子なら、ぼく達がもう少し離れたら飲みそうです》

頷くボルトやみんなと一緒に、その場から遠ざかっていく。

僕達が離れたのを確認したヤマネコは、こちらを気にしながらゆっくりとミルクに近づいていく。

「「あっ！」」

《お、舐《な》めた》

ヤマネコは何が入っているかを確認するように、ミルクをひと舐めする。

そして、何の問題もないものだとわかると、本格的にミルクを飲み始めた。

まあ、こちらへの警戒は十分にしているようだけどね。

「美味しそうに飲んでいるな～」

「「うん！　のんでる！」」

ミルクはあっという間になくなり、ヤマネコは満足そうにこちらを見る。

「んにゃ！」

《あら、アレンちゃんとエレナちゃんを呼んでいるみたいよ》

フィートがヤマネコの気持ちを代弁する。

フィートは虎だが、同じ猫科だから言葉が通じているのかな？

「アレンを？」

「エレナを？」

《そうね。ちょっと近くに来て欲しいみたい》

いったいどうしたんだろうか？

「どうする？　行ってみるか？」

「「うん、いってくる！」」

先ほど拒否されたからか、アレンとエレナは慎重《しんちょう》にヤマネコに近づいていく。

「「ひゃあ！」」

アレンとエレナがヤマネコのすぐ傍まで行くと、ヤマネコは二人の頬をひと舐めした。

「んにゃ！」

そしてヤマネコは、満足したかのように山に帰っていた。

「お礼だったのかな？」

《そうみたいね》

完全に懐かれるまではいかなかったが、少しは心を許してくれたようだ。

「良かったな」

「「うん！」」

「さて、ヤマネコも帰ったし、僕達もそろそろ上がるぞ。これ以上はのぼせるからな」

「「はーい」」

お湯から上がり、《ドライ》の魔法で身体を乾かすと、手早く服を着る。

「まずは水分補給だな。お風呂上がりはやっぱりあれか？」

僕は《無限収納《インベントリ》》からジューサーを取り出し、そこに数種類の果物、モウのミルク、蜂蜜を少量入れ、起動させる。

それを見て、アレンとエレナが首を傾げる。

「「おにーちゃん、なーに？」」

「これか？　これはフルーツ牛にゅ……じゃなくて、フルーツミルクだよ。――さあ、できた」

でき上がったばかりの冷たいフルーツミルクをみんなに配ると、すぐに飲み始める。

「「ん～～～」」

《《《《美味しい～》》》》

子供達は一気に飲み干してしまう。

「「《《《《おかわりー！》》》》」」

「ははは～、気に入ってくれたようだな。おかわりするのはいいけど、同じ味でいいのか？」

「「《《《《っ⁉》》》》」」

あっという間に飲み終えたみんなにそう聞くと、揃《そろ》って目を丸くした。

《お、お兄ちゃん、フルーツミルクって違う味もできるの？》

「できるぞ～。今のはマルゴの実にランカの実、リーゴの実を混ぜたものだ。混ぜる果物を変えてもいいし、あとはそうだな……イーチミルク、ナナミルクとか、一種類の味もできるぞ？」

マルゴの実は、マンゴーに似た果物だな。

僕の言葉を聞くと、子供達は全員で輪になって小声で相談を始める。

そしてすぐに、僕を見上げて声を合わせた。

「「《《《《イーチ！》》》》」」

《味でお願い。兄様》

相談した結果、イーチの実を使ったものに決めたようだ。

僕はすぐに、イーチミルクを作って子供達に配る。

「「おいしい！」」

《《《《美味しい！》》》》

全員がまたしても、一気に飲み干して目を輝かせる。

「「《《《《おかわり――》》》》」」

「あ、もうおかわりは駄目な」
「「《《《《ええ～～～》》》》」」
またおかわりを所望《しょもう》しようとする子供達の言葉を遮るように、僕は先手を打つ。
冷たいミルクを立て続けに三杯も飲むと、お腹を壊すかもしれない。
「飲み過ぎも良くないから、また今度な」
「「ええ～～～」」
声を合わせて悲しそうにする子供達の横で、ジュール、フィート、ボルト、ベクトル、マイルもしょんぼりとしている。
《残念～。ナナミルクも飲んでみたかったのに～》
《そうね。私も飲んでみたかったわ～》
《ですね。ぼくも飲んでみたかったです》
《もっと飲みたーい。兄ちゃん、もう一杯だけいいでしょう！》
《我慢《がまん》なの。残念だけど、我慢なの》
しぶしぶといった風に聞き分ける子供達を宥《なだ》め、僕達は街に帰ることにした。
「さあ、暗くなる前に帰るぞ」
「「うん……あっ！　ゆえんかー！」」
「ん？　本当だな」

温泉から離れようとしたところで、アレンとエレナが、温泉の端のほうに浮かんで咲く花を見つけた。

先ほどまでは湯気で全然見えなかったが、風の向きが変わって見えるようになったんだろう。

子供達が見つけたのは、大量に咲いている湯煙花《ゆえんか》。温水でしか育たない花で、冷え性に効く薬草の一種だ。

「「とってくるー」」

アレンとエレナは早速とばかりに、湯煙花を摘《つ》もうと駆けていった。

僕も二人の後を追い、ジュール達も慌てて追ってくる。

そうこうしているうちに、二人はあっという間に採取を済ませていた。

「「いっぱいとったー」」

「そうだな。これだけあれば十分だな」

「「あっ、これも～」」

忘れていたとばかりに、アレンとエレナは自分の鞄《かばん》を探り、薬草などを取り出して渡してくる。

温泉に来る前に採取していたものだろう。

「テング草に火炎草。おっ、キウィーの実まであるじゃないか！　凄いな。二人とも頑張ったな～」

「「えへへ～」」

キウィーの実はキウイに似た果実なんだけど、これまで採取したことはなかったんだよな。

僕はアレンとエレナを思いっきり褒《ほ》め、それから街へと戻った。


宿に戻った時には、もう日が暮れる寸前だった。

「タクミさん、おかえりなさい」

宿の中に入ると、ダンストさんの奥さんであるサラさんが出迎えてくれる。

「ただいまです。えっと……忙しそうですね」

「あら、もしかしてお食事はまだ？」

「はい、そうなんです」

夕食は宿で摂《と》ろうと思っていたのだが、食堂はもう既に混雑し始めている様子である。

かなりの割合でピザを食べているのが見えるので、僕が教えて最近メニューに加えられたピザ目当てのお客で大盛況のようだ。

「「ぴざたべるー！」」

「ピザか？　でも、席が空いていなさそうだからな～」

子供達はピザを食べたいと言うが、席も空いていないので待ち時間が掛かりそうである。

宿での食事は諦《あきら》めて、部屋で何かを作るか、どこかに食べに行くかしたほうが良さそうだな……。

「お部屋にお運びすることもできますよ？」

そう悩んでいたら、サラさんが別の選択肢をくれた。

「いいんですか？　じゃあ、ピザを二人前とサラダも二人前お願いします」

「「さらだ、いらなーい」」

「野菜は食べないと駄目だよ。じゃあ、野菜炒《いた》めのほうがいいかい？」

「「……さらだ」」

しぶしぶ頷いた二人を見て、サラさんが微笑《ほほえ》ましそうに笑う。

「ふふっ、すぐにご用意しますね」

そんな彼女にお礼を言って、借りている部屋に入り、子供達に手洗いをさせたり、荷物を整理したりしていると、すぐに食事が届いた。

そういえば、特に嫌いな食べ物がないアレンとエレナだが、珍しく食べたくないという発言をしていたな～。

「アレンとエレナは別に野菜が嫌いってわけじゃないだろう？　今日は野菜が食べたくない気分なのかい？」

「「おみせのやさい、あじなーい」」

聞いてみれば、原因は味だということがわかった。

確かに、宿で頼むサラダや野菜炒めは、基本的にシンプルな塩の味付けであることが多い。

宿で食事を摂ることはたまになので、僕はシンプルな味付けを楽しんでいたが、子供達はそれが嫌だったようだ。

「そういうことか。じゃあ、マヨネーズがあればいいのか？」

「「うん！　いい！」」

食堂の人目がある場所ではあまりよくないと思うが、今日は自分達しかいない部屋だ。

《無限収納《インベントリ》》からマヨネーズを取り出せば、明らかにアレンとエレナの目の色が変わった。

そういえば、マヨネーズも少しずつ普及しているようだが、あまり日持ちするものではないので、お店などで使われているのは見たことがないな～。

あ、サラダといえば、そろそろドレッシング系も欲しいな。

「……作れるかな？」

「なに」

「つくるー？」

呟きが聞こえたのか、アレンとエレナが首を傾げた。

「ん？　ドレッシング……えっと、サラダにかけるタレが欲しいな～と思ってね」

「「おぉ～、つくろう！」」

「今度ね」

「「うん！」」

とても嬉しそうに、二人が頷く。これは美味しいのを作らなきゃな。

ご飯を食べ終わると、簡単にできるスープの報告をするために、僕はルドルフさんの部屋を訪ねた。

「ルドルフさん、今、大丈夫ですか？」

「タクミか？　どうしたんだ？」

「頼まれていたスープができましたよ」

「何っ!?　それは本当か!!」

ルドルフさんの部屋に招き入れられ、そこで本日できたばかりのフリーズドライスープの実践《じっせん》をしてみる。

「用意するものはカップとお湯だけです」

「お湯だけ？」

「はい、まずはカップにこれを一個入れます」

「タクミ、それは何だ？」

「スープの素《もと》ですね。ルドルフさん、お湯を入れてかき混ぜてみてください」

実際に作業してもらったほうがいいと思い、ルドルフさんにフリーズドライを渡す。

ルドルフさんは興味半分疑い半分といった表情で、カップにスープの素を入れ、お湯を注ぐ。

「ん？　んん!?」

スプーンでかき混ぜ、スープの具である卵が見え始めると、ルドルフさんの表情は徐々に驚きのものに変わっていった。

「嘘《うそ》だろう？　本当にスープになりやがった！」

「ルドルフさん、味も試してみてください」

「ああ……――美味《うま》っ！　何だ、これ⁉」

最後に味見もしてもらうと、ルドルフさんはくわっと目を見開き、声を上げる。

どうやら味も合格のようだ。

「「おにーちゃん、おにーちゃん」」

「ん？　どうした？」

「アレン、それ、のんだことなーい！」

「エレナものんだことないよー？」

裾《すそ》を引っ張られて二人のほうを振り向けば、興味津々《きょうみしんしん》に目を輝かせていた。

「いやいや、今日のお昼に出来立てのスープを飲んだだろう？」

「「えぇー、まぜてないよー？」」

なるほど、アレンとエレナは、フリーズドライにしたものをお湯で戻して飲みたかったのか。

あっという間にスープができ上がるのは、子供達には面白そうに見えるのかな？

「今はご飯を食べたばかりだから、今度、お外でご飯を食べる時ね」

「「いま、だめー？」」

「駄目だよ。我慢ね」

「「は～ぃ」」

僕が駄目だと言うと、しぶしぶといった風だが子供達は聞き分け良く引き下がってくれる。

我慢させたのだから、次に街の外で食事を摂る時、フリーズドライのスープにするのを忘れないようにしないとな～。

「で、ルドルフさん、どうですか？　これなら外出先でもすぐに作れますよね？　スープの素自体はどのくらいまで保存が利くかまだ試していないですけど、しっかりと乾燥させているので、そこそこは日持ちすると思うんですよね」

「……まいった。予想以上のものができ上がってきた」

ルドルフさんは、今度は困り果てた表情をしていた。

くるくると表情が変わるな～、なんて思いながら見ていると、ルドルフさんは真剣な表情になる。

「……これは迂闊《うかつ》に広めることはできんぞ」

「え？」

「携帯食として優れ過ぎていて、軍事に影響が出る」

「……え？」

ぐ、軍事？　軍事って言ったら、戦争とかそういうものだよな？　本当に？

「……冗談ですよね？」

「冗談なものか。このスープがあれば、長い行軍中でもマシな食事が摂れるようになる上に、荷物が減るだろう？　悪いことは言わんから、これはお蔵入りさせたほうがいい。まあ、人がいないところで自分達だけが使うならいいがな。あとは……どこかの国に自分のことを売り込みたいのなら、使えるんじゃないか？」

真顔でルドルフさんが忠告してくる。

持ち運びに便利で簡単にできるスープが、そんなに大事《おおごと》になるなんて思いもしなかったよ。

「冒険者の一人としては、使い勝手が良さそうだから、ぜひとも使いたいものではあるんだよな。ん～……好戦的な主導者がいない今のうちに、全部の国に広まってしまえば、国の力関係は変わらずに済むのか？」

「えっと……僕、歴史とか、他国の王族とかにはあまり詳しくないんですが、戦争ってよくあることなんですか？」

悩み込むルドルフさんの言葉に、僕は首を傾げた。

「ん？　今は善良な主導者達ばかりだから、そうそう起こる心配はないぞ。だが、数世代ごとにいずれかの国に野心家の王が立つことがあるのは、歴史には残っているな～。直近だと……ベルファルト帝国の先々代の王はかなりの野心家でな、事あるごとに戦争を起こして、領土を広げようとしていたらしい。まあ、それは俺が生まれる前の話だがな」

二代前か～。今は平和な時代で本当に良かったよ。

ほっとしていると、ルドルフさんが尋ねてくる。

「タクミ、どこかの国の上層部に伝手《つて》はないか？」

「へ？」

「そのスープの素を大々的に広めるためには、一商会じゃ話にならないからな」

「……ルドルフさん、お蔵入りって言っていませんでしたっけ？」

「お蔵入りさせるには、そいつの出来はもったいなさ過ぎる。というわけで、あっという間に流通させる方法を考えている。で、どうなんだ？」

「えっと……伯爵《はくしゃく》家なら連絡は取れますね」

「おお！　伯爵家なら十分だ！　タクミ、すぐに話を持っていけ！」

さすがにガディア国の王様と知り合いですとは言えないので、後見人であるルーウェン家とリスナー家の、両伯爵家のことを伝える。

するとルドルフさんは、期待に満ちた表情になった。

とりあえず、相談だけはしておくと伝え、フリーズドライスープは当面の間、お蔵入りさせることにした。

面倒事を持ち掛けてしまうかもしれないが、約束してしまった手前、ルーウェン伯爵家当主のマティアスさんに、手紙で相談するだけはしておこうと思う。

閑話　驚愕《きょうがく》な手紙

「旦那様、タクミ様からお手紙が届いております」

「タクミくんから？」

私――ルーウェン伯爵家当主であるマティアスが、自邸の執務室で書類を捌《さば》いていると、家令のイワンが一通の手紙を持ってきた。

送り主は、我が子のような存在である、タクミという名の青年だ。

タクミくんは貴族とは関係ない出自《しゅつじ》のようだが、だからといって、決して庶民とは言い切れない雰囲気で、人を惹《ひ》きつける何かがあり、何故か放っておけない人物なのだ。

私は捌いていた書類を脇に除けてすぐに手紙を受け取り、内容を確認することにした。

私的な手紙ならば後回しにしなくてはならないが、我がルーウェン家は国王から直々にタクミくんの後見人を命じられている……という建前があるので問題ないだろう。

「それにしても……前の手紙からそれほど日数は経っていないのだがな～」

ケルムの街に到着したと手紙が届いたのは、ほんの数日前だ。

何かあったか？

とりあえず、手紙を読んでみることにする。

「んん!?」

だが、読み進めていくと、驚くべきことが記されていた。

「湯を注ぐだけで作れるスープだと?」

想像するだけでも画期的だとわかるものを製作したというじゃないか!

「旦那様、こちらの小瓶も手紙と一緒に届けられました」

イワンが差し出してきた小瓶を受け取って中を確認すれば、指で摘まめるくらいのカラカラした軽いものが三つ入っていた。

「これがそうか!」

慌てて手紙を読み進めると、タクミくんが作ったスープの見本だということがわかった。

「イワン、湯とカップを大至急持ってきてくれ」

「はい、すぐにお持ちします」

イワンが慌てて部屋から出て行ってから、私は改めて小瓶の中身を見つめ直す。

「ふむ、確かにこれがスープになるのであれば、持ち運びしやすそうだ。それに日持ちもするのか……」

考えるのは実際にスープを作ってみてからのほうがいいな。

「旦那様、お待たせしました」

ちょうどイワンが戻ってきたので、利便性について考えるのを止めた。

「すまんな。じゃあ、試してみるか。……えっと、これ一つでカップ一杯分だな」

私はもう一度手紙を確認し、小瓶から中身を一つカップに移すと、イワンに湯を注がせる。

「このくらいでよろしいでしょうか？」

「そうだな。そのくらいにしておこう」

すると、みるみるうちにスープの素がふやけ、それだけで良い香りが広がってくる。

「旦那様、こちらをどうぞ」

イワンが気を利かせてスプーンも持ってきてくれたようだ。

「助かる」

スプーンを受け取ってカップの中身をかき混ぜると、あっという間にスープができ上がった。

「……本当に湯を注いだだけでスープができたぞ」

「素晴らしいですね」

「あとは味か？」

私の言葉に、イワンが頷く。

「僭越《せんえつ》ながら、私が味を確かめましょうか？」

「いや、タクミくんが寄越したものだ。問題はあるまい」

私はカップに口をつけ、スープの味を確かめてみる。

「こ、これは！」

ひと口飲んだだけで驚愕した。

「う、美味《うま》いな！　これほどまでとは！」

味、日持ち、持ち運び、どれをとっても活用するべきものだ。なるほど、タクミくんがわざわざ私に相談してくるわけだ。

そして、これは私一人で事に当たるには重大過ぎる案件だと判断する。

「これは陛下に報告だな。――イワン、陛下に謁見《えっけん》の申し込みを。ああ、タクミくんのことだということも一緒に頼む」

「かしこまりました」

これから忙しくなりそうな予感がする。

そして、タクミくんはどこにいてもタクミくんのままなのだと、私は改めて実感したのだった。

第二章　突発事項に対応しよう。

ルドルフさんと話し合った翌日、僕は近況報告も兼ねて、早速マティアスさんに手紙を送った。

それからは、モルガンさんに誘われて坑道に採掘に行ったり、ジュール達と薬草を採取したり、温泉を堪能したりと、ゆったりとした日々を過ごしていた。

「「よろこんでたねー」」

「そうだな。アレンとエレナが頑張ってたくさん薬草を採ってくれたお蔭だな」

今日も山へ薬草を採りに行き、冒険者ギルドで売却して宿へ帰るところだ。

「タ、タクミ！」

宿に入ると、僕に気がついたルドルフさんが慌てて寄ってくる。

「ルドルフさん、どうしたんですか？」

「何をやらかした!?」

「はい？」

「タクミ、ここ数日は大人しくしていたと思ったが、俺の知らないところで何をした!?」

「え？　何もしていないですよ？」

凄い濡《ぬ》れ衣《ぎぬ》を着せられている。

……濡れ衣……だよな？　ここ数日は何もやらかしてないはずだ。普通に遊んだり依頼をこなしたりしていただけだし？

「騎士が来ているんだよ！　しかも、領主の騎士じゃなくて、国の騎士！　それも近衛《このえ》騎士と竜騎士がセットでだよ！」

「近衛騎士と竜騎士……ですか？」

「そうだ！　で、何をやらかした!!」

「いやいや、だから、やらかしていませんよ……たぶん」

それにしても……近衛騎士と竜騎士が訪ねて来ているだなんて、どういうことだろう？　確かにここはまだガディア国内だけど、この町に来る用事なんかあるのか？

そう考えていたら、宿の奥からその騎士達が出てきた。

「タクミ殿、元気だったか？」

「お久しぶりですね、タクミ殿」

「ケヴィン様にクイーグさんじゃないですか！」

近衛騎士は、先日巨獣迷宮に同行したケヴィン様、竜騎士は隣国のアルゴ国まで送ってくれたクイーグさんだった。

僕の言葉に、ケヴィン様が口を尖《とが》らせる。

「おいおい、クイーグのことは〝さん〟なのに、俺のことは〝様〟付けなのは寂しいな～」

「じゃあ、ケヴィンさん、僕のことは呼び捨てでお願いしますね。クイーグさんも」

そう答えると、二人は頷いてくれた。

「俺のことも呼び捨てでいいんだけど……まあ、それで妥協しようじゃないか、タクミ」

「私はタクミさんと呼ばせていただきますね」

「じゃあ、今後はそれでお願いします。〝様〟とか〝殿〟で呼ばれるのは落ち着かないので、ケヴィンさんが話を振ってくれて良かったです」

名前の呼び方って固定されちゃうと、その後訂正する機会がほとんどないんだよな。今度からはしっかりと初対面の時に言うことにしよう。

「それにしても、どうしてケヴィンさんとクイーグさんがケルムの街にいるんですか？」

二人とも騎士の制服を着ているってことは仕事なんだろうか？

「どうしてって、タクミを迎えにきたんだよ」

「はい？　迎え？」

「そう、領主邸にご案内～、ってな」

「えっ⁉」

目を丸くする僕に、ケヴィンさんが頷いた。

「とりあえず、一つはルーウェン伯に送った手紙の内容の件だな。心当たりはあるな？」

「手紙って……スープのことかな？」

「それ以外にも諸々《もろもろ》用件はあるが、それは領主邸で説明していただけるさ」

「え？　ちょっと待ってください。領主邸に誰が来ているんですか⁉」

近衛騎士と竜騎士を同行させて王都から来ている人物が、領主邸にいるってことだよな？

大物が来ている予感しかしないんだけど！

「ん？　それは会ってからのお楽しみだな」

「いやいや、心構えが必要ですから教えてくださいよ！」

「教えずに連れて来いって厳命されているから、教えられないな～」

「えぇ～～～」

来ているだろう人物の候補は数人に絞られてはいる……というか、ケヴィンさんが来ている以上、王族しか考えられない。ただ、王族のうちの誰が来ているかはどうやっても教えてはくれないだろう。

ケヴィンさんの愉快そうな表情を見る限り、厳命されていなくても教えてくれなさそうだけどさ。

僕がケヴィンさんから説明を受けている一方で、アレンとエレナはクイーグさんと楽しそうに話していた。

「アレンさん、エレナさん、お久しぶりです。私のことを覚えておいでですか？」

「「うん！　おぼえてるー」」

「そうですか。ありがとうございます。お元気でしたか？」

「『うん！　シャロはげんきー？』」

「ええ、元気ですよ。アレンさんとエレナさんに会いたがっていますよ」

「アレンもあいたーい」

「エレナもー」

シャロっていうのは、クイーグさんの相棒の飛竜のことだ。

そこでふと、僕はクイーグさんに尋ねた。

「移動日数やクイーグさんがいることを考えれば、ここまではもちろん飛竜で移動してきたんですよね」

「ええ、そうですね」

「ってことは、シャロだけってことはないですよね」

「護衛ですから、単騎ではないですね」

「……飛竜が飛んできたのに気づかなかった」

複数の飛竜が街に向かって飛んできたのを見逃すなんて、平和に過ごし過ぎて、周りに対する注意が不足しているのかな～。

「タクミさんが気づかなかったのも無理はないです。私達は夜陰に紛れて街に入りましたからね」

「……何でそんなことしているんですか？」

僕がクイーグさんに尋ねると、ケヴィンさんがニヤついて答えた。

「タクミを驚かすためじゃないか？」

「いやいやいや、そんなことのために危険なことをしないでください！」

暗いところを飛んで街に着陸って、絶対に危ない行為だよね!?

「夜に街に入ったのは、飛竜を操る私達竜騎士だけですよ」

「は？」

「タクミさんの心配する方とケヴィン殿達護衛は、街の近くから馬車で入りましたので、心配は無用です」

「わざわざそんなことをしたんですか？」

「ええ」

本当に、本当に何をしているんだろうね!?

そう呆れる僕に、ケヴィンさんが言う。

「とにかく、タクミを領主邸に連れて来いって言われているから、荷物をまとめて準備してきてくれ」

「部屋に荷物は置いていないので、準備という準備はないんですが……帰してくれないってことですか？」

「しっかりとタクミ達の部屋は用意されているはずだな」

「……わかりました。とりあえず、説明だけはしてきます」

どうやら拒否権はないようだ。

まあ、僕も強く拒否する気もないので、とりあえず遠巻きにこちらの様子を窺《うかが》っているルドルフさんやダンストさんに、簡単に説明をすることにした。

「……タクミの知り合いだったようだな」

「はい。領主邸に呼ばれたのでこれから行ってきます。いろいろ用件はありそうなんですが、その一つがあのスープのことみたいなので、販売にこぎつけられるように頑張りますね」

「ああ、それは大いに頑張れ」

ルドルフさんは、どこか期待のこもった目で見てくる。

「あと、あちらで部屋は用意されているそうなので、とりあえず今夜は帰れません。その後はちょっとわからなくて……ダンストさん、急で申し訳ないのですが、退室ということでお願いします」

「わかった」

一日で解放されるか、数日拘束されるかわからないため、一旦『白猫亭』の精算をしておく。とはいっても、前払いしている分で足りているはずだから伝えるだけで十分だ。

と、そこでルドルフさんが「そういえば」と口を開く。

「タクミ、俺達は明後日の朝にはこの街を出る」

「え!? そうなんですか？」

「ああ。正直言うと、タクミを放置すると何かをやらかすんじゃないかと心配していたんだ。だが、手綱《たづな》を握れる人が来たと聞いて、俺は安心して出て行ける」

「えぇ～」

ルドルフさんが真面目な表情で言う。

ルドルフさんにはお世話になったという自覚はあるが、旅立ちを躊躇《ためら》うほどとは……。

「ははは～」

そこに後ろのほうから、ケヴィンさんの笑い声が響く。

微《かす》かにクイーグさんも笑っているではないか。

「タクミはすぐにいろいろやらかすみたいだからな～」

「私も心当たりがありますね」

「クイーグもか？」

「ええ、初対面の飛竜に懐かれるだけでは収まらずに、自分の子のように可愛がられる様子には度肝を抜かれましたね～」

二人の話す内容を聞いて、ルドルフさんが呆れたように見てくる。

「……タクミ、そんなこともしていたのか？」

「それは僕達がやらかしたわけじゃないですから！」

それから、何故かケヴィンさん、クイーグさん、ルドルフさん、ダンストさんは意気投合し、四人で自分達が遭遇した僕との思い出話に花を咲かせていた。

僕からすれば失敗談を暴露されているような感覚だ。だが、止めようとしても止まらず、僕は少し恥ずかしい目にあったのだった。


見送りに行けなくなることも考え、念のためにルドルフさんに別れの挨拶をしてから、僕達はケヴィンさんとクイーグさんと共に領主邸へとやって来た。

そのまま談話室へ案内されると、そこには領主様であろう中年の男性と話している、王太子のオースティン様がいた。

「タクミ殿、久しぶりですね！」

オースティン様は僕達を見て、爽やかな笑顔で軽く手を振ってくる。

「……オースティン様でしたか。お久しぶりですね。ああ、僕のことは呼び捨てで呼んでもらえると助かります」

「それでは、タクミ。息災そうでなによりです。アレン、エレナも元気に過ごしていましたか？」

「「うん、げんきだよー」」

「そうですか」

アレンとエレナを伴ってオースティン様の傍まで行くと、オースティン様は子供達の頭を撫でる。

「スタンバール侯《こう》、こちらがタクミ。それと弟妹のアレンとエレナです。――タクミ、こちらがケルムの街の領主であるマーカス・スタンバール侯爵《こうしゃく》です」

「スタンバール、侯爵？　え？　じゃあ、リリーカ様の？」

「「リリーカさま！」」

僕の言葉に、領主様は肯定するかのように柔らかに微笑みを返してくる。

どうやらケルムの街の領主様は、リリーカ様のお父さんだったようだ。

リリーカ様というのは、王都で知り合った貴族の女の子で、彼女には行き場に困ったパステルラビットを譲ったことがあるのだ。

「おや？　スタンバール侯、タクミと面識があったのですか？」

領主様は、オースティン様の言葉に首を横に振る。

「いえ、私はタクミ殿とは初対面でございます。ただ、タクミ殿には以前、パステルラビットを譲っていただいたことがあるのですよ」

「ああ、パステルラビットを！　うちも母上と妻が譲ってもらい、それはそれは可愛がっていますよ」

「うちの娘も常に連れて歩くほど可愛がっています」

パステルラビット達はしっかりと可愛がられているようだ。

それを聞いて、アレンとエレナが領主様に尋ねる。

「『フルール、げんきー？』」

「ああ、元気だよ。改めて、タクミ殿、お初にお目に掛かります。その節は娘の願いを叶《かな》えていただき大変感謝しております」

「いえいえ、貰い手を探していたので、こちらこそ助かりました」

「だが、その後日、娘がタクミ殿に我儘《わがまま》を言ったのだろう？　すまなかったね」

「えっと……従妹《いとこ》さんもパステルラビットが欲しいというものですか？　あれなら、正式な依頼として受けたものなので、気にしないでください」

確かにお願いはされたけど、一度だけ森を探してみて、パステルラビットが見つからなかったらそれ以上は求めないというゆるーい条件にしてもらった。それに、パステルラビットを見つけてしっかりと報酬をいただいたからね。

しかし領主様は、首を横に振る。

「それに、お茶会では甘味のレシピまで提供してくれたのだろう？」

「あ、はい。それはお茶会に参加してくれた皆様に教えましたし……」

「おや？　そうだったのか。レシピを元に我が家の料理人が作ったものを私も食べたが、どれも美味しかったよ」

「それは良かったです」

確かあの時は……バーストパウダー……ベーキングパウダーをまだ手に入れてなかったので、なんちゃってパウンドケーキ、クッキー、アイスクリームのレシピを配ったんだったな。

今度、バーストパウダーを使ってパウンドケーキを作ってみたいな～。

そんなことを思い出していると、領主様はがっかりしたような顔になる。

「だからこそ残念でならないのだが、私も昼食会のほうに参加したかったのだよ。生憎《あいにく》と都合がつかなくてな。参加した者達が昼食会で提供されたカレーライスというものを絶賛していたので、悔しい思いをしたよ」

「あれ？　カレー粉は既にフィジー商会で販売していますし、カレーの作り方も皆様にお教えしたのですが……スタンバール侯爵様に伝わりませんでしたか？」

「何っ!?　それは本当かね？」

どうやら、伝わっていないようだ。

そんな僕達の会話を聞いて、オースティン様が思い出したように言う。

「そういえば、私もカレーというものは食べたことがないですね～。タクミ、今からでは夕食には間に合わないですか？」

「いえ、大丈夫だと思いますよ。えっと、レシピが……あった、あった」

お茶会、昼食会で提供したレシピの紙は多めに用意したので、まだ数枚ずつ残っていた。それを《無限収納《インベントリ》》から取り出し、テーブルの上に載《の》せる。

「これにカレーの作り方が書いてあります。えっと、カレー粉も必要ですか？」

「おや、タクミが作ってくれないのですか？」

「えっ⁉　いやいやいやいや！　初めて伺《うかが》ったお邸《やしき》の厨房に入り込んで料理を作るなんてできませんよ⁉」

「我が家なら問題ありませんよ？」

いやいや、問題あるでしょう⁉

「そ、そういえば、オースティン様がケルムの街に来た理由を聞いていなかったですね！　どうしたんですか？」

僕は強引に話題を変える。

「……タクミは出かけていて、帰ってきたその足でこちらに来たんでしたっけ。仕方ありません。カレーについては、今日は諦めることにしましょう。ですが、明日はお願いしますね」

「え、明日⁉」

「はい、お願いします」

にっこりと微笑むオースティン様は、絶対にそれ以上譲らないぞ……という表情をしていた。

これは腹を括《くく》ったほうがいいかな？

「それでは本題に入りましょうか」

「では、私は一旦失礼します」

「はい、すみませんね」

僕が溜《た》め息をつくと、それを了承だと受け取ったオースティン様は改めて座り直す。

そして、事前に伝えてあったのか、スタンバール侯爵様はすぐさま退室していった。

「……さて、私が来た理由は予想していると思いますが、タクミがルーウェン伯に送った即席スープについてです。あれは凄いものです。生活が変わるほどにね。タクミもそれがわかったから、ルーウェン伯を頼ったのでしょう？」

用件はいくつかあるみたいだが、まずはスープの話からするようだ。

「えっと……僕というか、先輩の冒険者の助言ですね。僕はどっちかというと、秘蔵しようかと思いましたので」

「そうなのですか？　じゃあ、その冒険者は良い判断をしましたね。あれを秘蔵するのは勿体《もったい》ないですから」

ルドルフさんの判断は間違っていなかったようだ。

「じゃあ、オースティン様が来たということは、あのスープの取り扱いは商会じゃなく国がするということですか？」

「その通りです！　もちろん、タクミが了承してくれればの話ですけどね」

「僕は構いません。冒険者や旅人達、もちろん騎士様達の役に立つと思うので、普及することは賛成ですからね」

流通させるにあたっていろいろと大変そうだから秘蔵しようと思っていたが、国が音頭を取るなら安心して任せられるだろう。

「タクミならそう言ってくれると思っていましたよ。じゃあ、まずは交渉から始めましょう！」

え？　〝まずは〟ってどういうことだろう？

「何を不思議そうな顔をしているんですか？　タクミはあれだけ凄いものを『はい、どうぞ』と譲って終わる気でいたのですか？　それはあり得ませんからね」

僕の表情を読み取り、オースティン様は呆れた顔になった。

「えっと……製造方法を譲渡《じょうと》するための金額を決めるだけじゃないんですか？」

僕がマティアスさんに送った手紙の内容は、スープの食べ方と、それをどう扱えばいいかを問うものだった。

フリーズドライスープの製造方法は書かなかったので、オースティン様はまだ知らない。

この話し合いも製造方法をいくらで買い取るとか、そういう話だと思っていたんだけど……それ以外にもいろいろあるらしい。

「製造方法もそうですが、売り上げの利益についてとか、あれをこの国だけで独占するわけにはいかないので他国への対応をどうするかとか……タクミと話し合わなければならないことはたくさんありますよ」

「えぇ～」

「そんなに嫌そうな顔をしても駄目ですよ」

「オースティン様にお任せするのは駄目ですか？　製造方法を格安にしますので」

「値を吊《つ》り上げるのではなく、値下げの交渉をするんですか？　タクミは相変わらずですね～」

相変わらず？　ああ～、真珠の装飾品を押し売りに行った時のことか。

「アレン、エレナ、オースティン様にお願いしてくれるかな？」

「「おねがい？」」

「そう、お願い。後のことはお願いします、ってね」

「「わかったー」」

真珠の装飾品の時、オースティン様は子供達のお願いに戸惑っていたから、今回もその作戦でいこう。

というわけで、アレンとエレナに協力してもらうことにする。

「タクミ、今回は何が何でも駄目ですよ！」

「えぇ～」

先手とばかりにオースティン様が強く言い切った。

「ちなみに、私は数日ここに滞在した後、クレタ国へと向かうのですが、タクミに同行してもらいたいと思っています」

「えっ！　クレタ国に？」

その上、思いがけない話が出てくる。

「あのスープの製造については、まずは手始めにアルゴ国とクレタ国に通すつもりでいます」

「はい」

「アルゴ国はタクミと面識がありますからね。名を出せば、わりと簡単に話が通ると思っています」

「えっ、僕の名前を出すんですか？」

アルゴ国の王族とは、以前に依頼を受けて顔を合わせているから……たぶん、覚えてくれているだろう。

「売り上げの一部はタクミに支払われるような契約にしますからね。そこは出さずにはいられません。ああ、利益はいらない……などと言わないでくださいね？　あれはかなりの利益が出るのが明らかです。それを国がタクミから取り上げたような扱いにはしたくないですから」

なるほど、僕が良しとしても、周囲から良くない憶測《おくそく》が出てくる可能性があるのか。

となれば、オースティン様はどうやっても条件を譲ってくれるということはないだろう。

どうやら僕が折れるしかないようだ。

ここはお世話になったルドルフさんのためにも、フリーズドライスープ普及のために頑張りますか～。

「おねがい」

「いらない？」

「うん、今回はいらないみたい。二人ともありがとうな」

僕はのらりくらりと躱《かわ》すことを止め、腹を据えて話し合いに臨むことにした。


オースティン様と話し合いを開始してすぐ、僕は自分に支払われる金銭は少なくていいので、誰にでも購入できるように販売価格を抑えて欲しいとお願いした。

オースティン様もそのことには了承してくれたので、正式に契約を交わし、フリーズドライのやり方を教えた。とはいっても、スープを一旦凍らせて、水分を蒸発させる……ってだけだけどな。

意外と簡単な方法に、オースティン様は目を丸くして驚いていた。

「そんなに簡単なのですか？」

「そうなんです。あとは、水分を蒸発させる時に少しでもスープの周りの空気をなくすように、低温で乾燥させればより良いですね」

僕の説明に、オースティン様は真剣に考え込む。

「まずは生活魔法を扱える者で作れるのか、早速試してみないといけませんね。それが可能ならば、私が思っている以上に簡単に普及させられそうです」

【火魔法】スキル持ちはそれなりにいるが、【氷魔法】スキル持ちは少ない。そして、その二つに比べて、【生活魔法】スキルを持っている者は多い。

なので、火、氷魔法が扱える者より、生活魔法を扱える者を集めるほうが格段に簡単だ。

まあ、【火魔法】【氷魔法】スキルを使ったほうがより効果が強いので、一度に大量に作ることが可能だろうが、少ない人数で負担するよりも大人数で作ったほうがいいだろう。

「早速、明日にでも私が連れてきた者達とスタンバール家で働く者達に協力してもらって、試してみることにしましょう」

どうやら、スタンバール家の料理人にスープを作ってもらい、生活魔法を使える騎士でフリーズドライに挑戦してみるみたいだ。

とりあえず製作を広めるつもりはないようなので、まずは口外を禁ずることができる騎士達に頼むということだろう。

「そういえば、オースティン様、クレタ国に行くって言っていましたよね？　それって僕も行く必要があるんですか？」

「絶対とは言いませんが、行ってくれると助かります。なにせ、特産品として一国が独占して販売することはあっても、今回のように、複数の国が協力して国主導で商品を売り出すという試みは初めてですからね」

あ、一国で独占販売するっていうことはあるんだな。

「でも、僕、大々的に表に出るのはちょっと……」

「その点はわかっています。ですから、タクミのことは一部の者にしか伝えない予定です」

「ご理解いただけて助かります」

まあ、さっきも似たようなことは言っていたけど、利益の云々《うんぬん》の契約でどうしても名前が出るから、公表はしなくても販売を取り仕切る者に知られるのは必至だ。それについては仕方がないと思っている。

「とはいえ、何か不測の事態が起きた時に、助言を貰うためにタクミが近くにいると大変助かるんです。そこで、同行しても誤魔化せるように、クレタ国には私の護衛騎士としてついて来てもらおうと思っています」

「は？　騎士として？　僕は騎士じゃないんですけど!?」

「大丈夫です。騎士として忠誠を誓えとか言っているわけではないですから。ただ、騎士の制服を着て護衛メンバーに入ってくれればいいんですよ。そうしないと、事情を伝えない者には怪しまれますからね」

ええ～。……確かに、ただの冒険者が王太子と一緒に来たら怪しまれるんだろうけど……それっていいんだろうか？

「制服はもう用意してありますよ」

「え!?」

オースティン様はにこやかな表情で、壁際のテーブルに積んであった箱を示した。

すぐさま護衛に就いていた騎士に持ってくるように指示すると、その箱を開けて見せてくれる。

「白？」

箱の中にはガディア国の騎士の制服、それも近衛騎士が着る白い制服が入っていた。

「濃紺《のうこん》じゃないんですか？」

「私の護衛ですからね。そこは白でないと」

「それはそうかもしれませんが……近衛騎士を目指している騎士達に悪くないですか？」

確かに王族の護衛は近衛騎士の仕事だ。だけどその制服を、そもそも騎士ではない僕がおいそれと着ていいものではないと思うんだけどな～。

「タクミは王族からの信用もありますし、実力的にも問題ないですからいいのではないですか？そもそも私が許可しているんですから、誰が何を言おうが問題ないんです。父上の了承を得ていますしね」

「……」

まあ、王様と王太子が許可したことに文句を言う者はほとんどいないだろう。

「サイズは問題ないと思いますが、一応、着てみてくれませんか？」

「え？　今ですか？　というか、僕はまだクレタ国に行くって言っていませんよね？」

「ついて来てくれないんですか？　どうしても駄目ですか？」

「……駄目ってわけではないんですけど」

「本当ですか？　ありがとうございます、タクミ」

「……」

上手く誘導された感は満載《まんさい》だけど……クレタ国に行くこと自体は嫌じゃないので、まあ、いいか～。

ただ、一つ問題がある。

「アレン、エレナ、予定を変更して、数日後からクレタ国っていう国に行くことになったよ」

「「クレタこくー？」」

「そうだよ」

「「おばーさまはー？」」

「ごめんな～。ちょっとだけ行くのが遅くなる」

「「えぇ～～～」」

簡潔に説明すると、子供達は思っていた以上にがっかりとした表情になる。

まあ、ルイビアの街のレベッカさんに会いに行くのを楽しみにしていたからな～。

それを見て、オースティン様が二人に話しかける。

「アレンとエレナには悪いことをしたと思っています。少しだけ遅くなるのを許していただけませんか？　その代わりと言ってはなんですが、二人にも制服を用意してきましたので」

「「せいふくー？」」

「タクミとお揃いの服ですよ」

「「おそろい！」」

オースティン様が子供達のご機嫌《きげん》を取るためか、もう一つの箱を開けて中身を見せてくれる。中には小さなサイズの白い制服が入っていた。

他にもまだ箱があると思っていたが、まさか子供達用の制服だったとはな～。

だが、効果は覿面《てきめん》で、子供達は興味を引かれていた。

「着てみてくれませんか？」

「「うん！」」

「着方はそこまで難しくないと思いますが……——ケヴィン、手伝ってあげてください」

「はい」

あれよあれよといううちに、僕達は騎士服の試着をすることになり——

「これ……異様にぴったりなんですが……」

制服を着てみた僕は、あまりにも自分の身体に合っていたので微妙な気分になった。

袖や裾なんかもぴったりなんだけど、普通はこうはならないよね？

「サイズを調べましたからね。タクミ達が王都で服を仕立ててくれていましたから、簡単でしたよ」

ああ……ルーウェン家経由で調べればすぐにわかるよな。

「「にあってるー？」」

「二人ともよく似合っていますよ」

「「やったー」」

アレンとエレナの制服も二人にぴったりで、すっかり可愛い騎士様になっていた。

しかも、制服にはしっかりとマントまで用意されていて、子供達は面白そうにマントを翻《ひるがえ》して遊んでいる。

「ちなみに、子供達には一着ずつしか用意していませんが、タクミには濃紺のものと黒のものも用意してありますからね」

オースティン様は、まだ開けていないもう一つの箱を指差した。

それには僕用の、濃紺の一般騎士と黒の竜騎士の制服が入っているようだ。

……今回着ることになるだろう白の制服以外は必要ないよな？

「着る機会なんてないですよね？」

「何かと利用できると思いますから、持っているといいですよ」

「いやいやいやいや、何に利用するんですか⁉　というか、オースティン様がそれを勧めちゃ駄目でしょう⁉」

身分の詐称《さしょう》を王族が勧めるってどういうこと⁉

「騎士がいれば事態が収まるような時とかですかね？　大丈夫です、タクミなら悪用しないと信用していますから！」

「そういう信用はしなくていいですよ⁉」

普通なら王太子様相手に突っ込みなんて入れられないが、突っ込まずにはいられなかった。

真っ白い制服を汚す前に着替え直したところで、スタンバール家の皆さんも交えて夕食を摂るということになり、オースティン様と共に食堂へ移動した。

そこでリリーカ様と再会したのだが……僕がいることに驚いたリリーカ様が、オースティン様そっちのけで驚きの声を上げてしまったり、僕と同い年のリリーカ様のお兄さん――ラインハルト様と仲良くなったりと楽しく過ごした。

◇◇◇

翌日、朝食を済ませて部屋で休んでいると、オースティン様から、フリーズドライスープの試作をするから来るようにとの呼び出しがあった。

「おはようございます。三人とも、よく眠れましたか？」

案内された先はスタンバール邸の厨房で、そこでオースティン様がにこやかに待っていた。

「はい、ゆっくりさせてもらいました」

「「いっぱいねた～」」

「それにしても、オースティン様が厨房にいていいんですか？　できたスープを談話室とかに運んで作業したほうがいいんじゃないですか？」

王太子様が厨房にいるって、けっこう特殊だと思うんだよね。

「こちらのほうが都合がいいですからね。ここならタクミに昼食の準備をしてもらいながら、要所要所で作業の確認をしてもらうことができますから」

「ええ!?」

昨日言っていた、カレーを作ってくれというのは本気だったのか。

というか、ここまでしっかり段取りされているとは思わなかったよ。それに、お昼ご飯を僕が作ることになれば、厨房が使えなくなっても問題はなくなるしな～。

「えっと……どのくらい作ればいいんですかね？」

「そちらにある材料を全て使って構わないそうなので、多めにお願いします。あと、パンとサラダの用意はできているそうなので、タクミはカレーさえ作っていただければ問題ありません」

ちらり、とオースティン様の指すほうを見れば、そこにはご丁寧に皮が剝かれたタシ葱にマロ芋、ニンジン、さらにはオークの肉が積まれている。もちろん、フィジー商会で売っているカレー粉もある。

「本当に準備万端ですね」

「本来の仕事じゃないことを頼むのですからね。このくらい当たり前ですよ」

「ちなみに、個人的なものをついでに作っても構いませんか？」

「ええ、それは構いませんよ」

どうせならと確認してみると、オースティン様は快く了承してくれた。

「ありがとうございます。じゃあ、早速作りますね」

「はい、お願いします」

僕は早速カレーの材料が積まれている場所に移動する。

そんな僕について来ながら、アレンとエレナが尋ねてきた。

「「なんのカレーつくる?」」

「オークの肉を使った普通のカレーだね。手伝ってくれる?」

「「うん!」」

まずは野菜と肉を切って用意されていた大鍋で炒め、ある程度炒めたところに水を入れ、火が通るまで煮る。本当ならスープストックのほうがいいのだが、さすがに量が量なので今回は水で我慢だな。

「「おにーちゃん、これ?」」

「うん、それが灰汁《あく》。頑張ってたくさん取って」

「「はーい」」

アレンとエレナに灰汁取りをお願いし、ちょこちょことオースティン様達がやっているフリーズドライ作りの作業を確認した。

〝真空〟というのを説明するのは難しかったが、騎士達の生活魔法でもフリーズドライはちゃんとできたようで、今はスープがある分だけ量産している。何でも、クレタ国で交渉するのに持って行く見本品にするらしい。

そんな彼らを見ていると、アレンとエレナが声を掛けてきた。

「「あく、なくなったよ～」」

「二人ともありがとう。これで美味しいカレーになるよ」

「「ほんとう？」」

子供達が綺麗に灰汁を取ってくれた鍋に、別に用意していたカレー粉と小麦粉を炒めたものを、ダマにならないように溶かして加える。

あ、隠し味にチョコレートを入れてみるかな？

「あとは時々混ぜながら煮込むだけ」

「「たのしみー」」

時間はあるので《エイジング》は使用しないで普通に煮込むことにし、今度は個人的な作業を始める。

「「つぎはー？」」

「次はスープを作って、即席スープにするよ」

「スープのもと？」

「そうだよ」

オースティン様との話し合いの結果、フリーズドライスープの名前は出さずに、即席スープという名称にした。《フリーズ》《ドライ》では魔法名そのままなので、製法がわからないようにしたのだ。

その即席スープの販売権は、既に王家に委任されたので、僕でも販売することはできない。だが、個人的に製作することは問題なく、さらに、そこまで多い量でなければ、自分で作った即席スープを他者へ譲っても問題ないことになっている。

というわけで、スープを二、三種類作り、それをフリーズドライにして、明日旅立つルドルフさんに餞別《せんべつ》として届けようと思っているのだ。あとは、子供達の非常食用として持たせる分も一緒に作ろうと思っている。

「何味のスープがいい？」

「えっとね〜、アレン、みそしるがいい！」

「エレナはね〜、トゥーリのスープがいい！」

味噌汁《みそしる》とトマトスープか。

「いいね。それとカレースープにでもするかな」

「「うん、いいね！」」

ほうれん草に似たエナ草とシィ茸《たけ》たっぷりの味噌汁。キャベツとベーコンたっぷりのトゥーリスープ。ソーセージとタシ葱たっぷりのカレースープ。

この三種類のスープを、子供達に手伝ってもらいながら作り上げる。

スープができた頃には、煮込んでいたお昼ご飯用のカレーもでき上がった。

「タクミ、ずいぶん美味しそうなスープを作りましたね～」

「オースティン様、そちらの作業は終わったんですか？」

「はい、無事に終わりましたよ。……三種類ってことは、食べるものではないですよね？　タクミも即席スープ作りですか？」

僕が作ったスープを見ながら、オースティン様が尋ねてくる。

「はい、そうです。ちょうど今から凍らせるところです」

「美味しそうですね」

「……味見されますか？」

「ありがとうございます」

もの凄く興味津々に見てくるオースティン様に味見用のカップを渡せば、目を輝かせた。

味見がしたいなら、したいとはっきり言ってくれればいいのにね～。

「じゃあ、残りのスープは一杯ずつ小分けして……」

「アレンにまかせてー」

「エレナにまかせてー」

「えっ⁉　えぇー⁉」

宣言と同時に、アレンとエレナが魔法を使ってスープを宙に浮かせる。しかも、一杯分ずつ小分けにするなんて器用な芸当までしている。

ふよふよとスープが浮かぶのは、なかなか唖然《あぜん》とする光景であった。

「「おにーちゃん、こおり！」」

「……ああ、そうか！　――《フリーズ》」

唖然としていた僕は、子供達に促されて慌てて浮いているスープを凍らせる。

凍ったスープは、ゴロゴロと鍋に転がり落ちる。スープが浮いていたのが鍋の上だったから、かろうじて地面に落ちずに済んだ。

「「おにーちゃん、つぎはカラカラー」」

「うん、そうだな。――《ドライ》」

続いて、鍋に入っている氷の山をまとめて乾燥させる。

これで、即席スープのでき上がりだ！　形は球状になってしまったけどな～。

「また、とんでもない作り方をしましたね～……」

「ははは～。たまたまですよ、たまたま」

本当にたまたまである。……情けない話だが、完全にアレンとエレナに誘導されていたしね。

「僕の作業も終わりましたし、お昼ご飯にしますか？」

「「ごはーん！」」

「そうですね。先ほどから厨房中に匂いが充満していて、みんなそわそわしていますしね」

「「はやく、はやくー」」

確かに、即席スープを作っていた騎士達が時折こちらを見ていたが、今はうちの子達が一番そわそわしているだろう。


カレーは大好評で、大量に作っておいたにもかかわらず、あっという間になくなってしまった。オースティン様も大いに気に入ってくれたようで、また作ってくれと頼まれた。それって、クレタ国に同行している時に作れということだろうか？　まあ、とりあえず返事は濁《にご》しておいたけどね～。

「今、ふと思ったんですけど……僕は騎士の制服を着て紛れることはできても、子供達が一緒だと目立つんじゃないですか？」

クレタ国に行くのって、所謂《いわゆる》、使節団というものだよな？　それに子供が混じるのはいいのだろうか？

「おや、気づいてしまいましたか？」

「……え？」

「まあ、二人を連れて行かないという選択肢がない以上、そこは気にしない方向でお願いします」

アレンとエレナが同行することについては、無計画というか、開き直る方向らしい。

というか、そもそも子供がいること自体が不自然なので、どう頑張っても注目を浴びることになるそうだ。

そのことに気づいていたのなら最初に教えて欲しかった。いざ、クレタ国の王城に行った時に、あたふたしたら困るじゃないか！

「オースティン様、クレタ国に行くにあたって、他に注意点とか、最低限覚えておいたほうがいいマナーとかがあったら、前もって教えてくださいよ？」

「そうですね。後でまとめて知らせますよ」

「お願いします……それにしても、僕が気づかないままだったら、どうするつもりだったんですか？」

「その場合は、そのまま同行してもらおうと思っていましたよ？　クレタ城に到着した時のタクミの様子を観察するつもりでね」

「……」

酷い。僕が慌てる様子を楽しもうとしていたのだろうか？

オースティン様の観察対象になるものかと、僕は子供達に心構えを伝えておく。

「アレン、エレナ、今度行くお城では、静かに目立たないようにしような」

「「しぃー？」」

「そうそう」

すると、子供達は口に人差し指を当てる仕草をして、声を潜めた。この場で声を潜める必要はないが、意味はわかってくれたようだ。

「しんにゅう？」

「せんにゅう？」

「ちょっと待って!!　それは違うかな!?」

理解していなかった！

というか、〝侵入〟と〝潜入〟だなんて、どこから覚えてきたのさっ!!

「侵入と潜入はしちゃいけないことだよ！」

「「だめなのー？」」

「駄目、駄目！」

「「こっそりしない？」」

「お城でこっそりはまずいかな!?」

「「そっか～。ざんねーん」」

見つかったら大問題になっちゃう！

「ふふっ。タクミ、クレタ城に忍び込むつもりなのですか？　さすがにそれは問題になりますから、止めてくれると嬉しいですね」

「しませんよ⁉」

オースティン様、何を言っているかな⁉　僕は今、必死に止めているんだよ！

「まあ、うちの城なら構わないですよ？」

「それは構ってください！　絶対に忍び込みませんからね⁉」

僕がそう答えるも、アレンとエレナはこてんと首を傾げる。

「「しないの？」」

「しないよ⁉」

「そうですか。騎士達の良い訓練になると思うんですけどね～」

侵入者に対する訓練？　というか、僕達がお城に忍び込める前提で話さないで‼

「僕達にそんな技量はありませんから、城門で見つかって終わりですって！　何の訓練にもなりませんよ！」

「そうですかね？　タクミ達なら城の奥、王族の私室とかにでも簡単に辿り着けそうな気がするんですけどね」

「いやいや！　無理ですから！　というか、突然、何を言い出すんですか⁉」

「ほら、あれですよ。タクミが初めて城に来た時、謁見の間に人が潜んでいましたよね？　謁見の間はそこまで城の奥ではないとはいえ、簡単に入り込まれたことが問題になりましてね」

……ああ、そういえば、そんなことがあったな～。

えっと、あの時は王様の背後に一人と、天井の上に二人の侵入者がいたんだったか？

「そんなことがありましたね～。そういえば、捕まえた三人ってどうなったんですか？」

「聞いていませんでしたか？　あの三人は間者《かんじゃ》というよりは諜報員《ちょうほういん》で、それも大叔父《おおおじ》の配下の者でした」

オースティン様の大叔父ということは……先王陛下の弟、ライオネル様か。

「……ライオネル様の」

「タクミのことが気になったようですね。面白半分で指示してみたら、あっさり潜入できたようです」

「……」

ライオネル様、何やっているのぉ!!

「タクミが諜報員を発見したことで、大叔父はさらに君のことに興味を持ったみたいですよ。タクミ、良かったですね～」

……凄く微妙。だからあんなに興味津々だったのかとは納得できたけど、ちょっと嬉しくないわ～。

「ふふっ、タクミの反応は普通のものと違いますよね～。先王陛下の弟である大叔父の懐《ふところ》に入りたがる方は、まだかなりいるんですよ？」

微妙だと思ったのが表情に出ていたのか、オースティン様がくすくすと面白そうに笑う。

まあ、王族に取り入ろうとする人はそれなりにいるだろうからな～。でも、僕のようになるべく関わらないようにする人だってそこそこいると思うんだよね～。

それに——

「間違いなく手玉に取られるのがわかっていますからね～」

「アルフィードのようにですか？　それは否定できないですけれど、タクミなら上手く躱すこともできると思いますよ」

「そうですかね？」

第三王子のアルフィード様——アル様がライオネル様にからかわれている光景を思い出しながら言うと、オースティン様はくすりと笑う。

オースティン様の言うように上手く躱せる時もあるだろうが、大半はアル様のように遊ばれることだろう。

「まあ、ほどほどがいいんです」

「おやおや、欲がないですね～。まあ、それがタクミってことですかね」

オースティン様はまたくすくすと笑う。

「それで、うちの城にはいつ忍び込んでくれますか？」

「いやいやいや！　だから、しませんから！」

「騎士の訓練のためにお願いしますよ」

「それは、ライオネル様の配下の人にお願いしてください」

「どうしても駄目ですか？」

「駄目ですよ」

オースティン様は、また忍び込みを推奨してくる。

何で話が戻っちゃうかな⁉

そんなオースティン様は、今度はアレンとエレナに向き直った。

「ねぇ、アレン、エレナ。お城に忍び込むなんて楽しそうですよね？」

「「うん、たのしそー」」

「アレン、エレナ、駄目だよ⁉　――オースティン様、子供達を誘惑しないでくださいよ！」

「タクミを落とすには、やはりこちら側から攻めないといけませんからね」

僕はしばらくの間、オースティン様と「やって」「やらない」と繰り返すはめになった。

◇　◇　◇

「ルドルフさん！　良かった、まだ出発していなかった！」

翌朝、僕は子供達を連れて、ルドルフさん達のパーティ『ドラゴンブレス』を見送るために、冒険者ギルドにやって来た。

「タクミ、こんな朝早くにわざわざ来てくれたのか？」

「お世話になりましたからね。いろいろありがとうございました」

「「ありがとう」」

僕が言うのに合わせてアレンとエレナがぺこりと頭を下げると、ルドルフさんが嬉しそうに笑う。

「ははっ、そうか」

「これ、餞別です。持って行ってください」

僕は忘れないうちに、餞別として用意した瓶に入れた即席スープを手渡す。

「タクミ、これって……」

「例のスープです。まだ先になると思いますが、販売されることになりましたよ」

「そうか、決まったか！　でも、いいのか？」

「はい。少しだけですが持って行ってください」

「情報だけでも嬉しいが、正直これは助かる！　ありがたく受け取るぞ！」

ルドルフさんは嬉しそうに、即席スープを受け取ってくれる。

「ところで……あっちの集団はタクミの連れ、だよな？」

「あ～……そうですね」

「誰かは言わんでいいぞ。察しがつくからな」

ルドルフさんの視線の先にいるのは、ラインハルト様とリリーカ様のスタンバール兄妹と、その護衛達である。

二人とは、「ライン」「リリーちゃん」と呼ぶくらい仲良くなったのだが、視察という名目で、二人と一緒に坑道に行くことになったのだ。

本当なら、ルドルフさんに挨拶した後にスタンバール邸に戻って、それから出かける予定だった。だが、リリーちゃんが冒険者ギルドを見てみたいと言い出し、それにラインが乗り、あれよあれよというちに同行が決まったのだ。

二人だけならともかく、護衛の数も多いのでそこそこの集団になり、かなり注目を集めていた。

「お兄様、これが依頼ボードというものですね！」

「そうだよ。そこにランクごとに分けて、様々な依頼が貼られているんだ」

「いっぱいありますわ〜。まあ！　こちらは『パステルラビットの捕獲』の依頼書ですわね！」

ラインはここに何度か来たことがあるようだが、リリーちゃんは初めてだと言っていた。なので、何もかも興味津々……といった風にギルド内を見て回っている。

黙っていても注目を集めるのに、無邪気なリリーちゃんの様子は、さらに注目を集めている。

「……他の冒険者とかも気づきそうですかね？」

領主の子がいるとなれば、多少の騒ぎになるだろう。だから、それは避けたい。

「育ちが良さそうなのはわかると思うが、二人の顔を知っている者は少ないから、正体までは気づかんだろう。護衛も揃いの鎧《よろい》を身に着けているわけじゃないしな」

「良かった～」

領兵の制服でついて来ようとする護衛に、着替えさせたのは英断だった‼

「急に呼び出された時は驚いたが、上手くやっていそうで安心した」

「その節は……すみませんでした」

「気にするな！　それよりも、ケルムの街での保護者になってもらえるように、せいぜいあの二人とは仲良くなっておけ」

「……保護者って。僕、成人しているんですけど～」

「その辺は気にするな。絶対にタクミの保護者は各地にいたほうが良い！　どんどん確保していけ！」

各地にって……何だろうね、それ。でも、そういうことなら――

「じゃあ、ルドルフさんも僕の保護者になってくれるんですよね？」

僕の言葉に一瞬だけ呆《ほう》けた表情をしたルドルフさんだが、その後、にかっと笑う。

「おう、いいぞ！　お貴族様には敵《かな》わない上に所定の場所にいることが少ないが、近くにいる時は面倒見てやるよ」

「わ～、ありがとうございます」

ルドルフさんは僕の提案に快く了承してくれた。半分冗談だったんだけどね～。

「じゃあ、そろそろ出発するか。タクミ、わざわざ見送りに来てくれてありがとうな。ギルドを通せば連絡はつくだろうから、何かあったら遠慮なく連絡を寄越せ」

「ありがとうございます。ギルムさん、ザックさん、アイリスさんもお元気で」

「おう」

「タクミも元気でな」

「タクミさん、アレンくん、エレナちゃん、またね～」

「「ばいばーい！」」

『ドラゴンブレス』パーティとの別れを済ませたので、僕達はラインとリリーちゃんの傍へ移動する。

「タクミ、もういいのか？」

「はい、お待たせしました」

ラインにそう答えると、首を横に振られる。

「気にするな」

「そうですわ。私達が同行すると申し出たのですから、タクミ様が気にする必要はありませんわ！」

「ありがとうございます。じゃあ、ここもこれから混雑する時間ですから、僕達も行きましょうか」

「そうだな」

「わかりました」

「「はーい」」

僕達は冒険者ギルドを出て、鉱山のほうへ向かう。

「タクミ様、タクミ様！　あれは何を売っているのですか？」

「「さんどいっち？」」

「サンドイッチですか？」

リリーちゃんがパン屋の前にある露店を見ながら質問してくるのに、アレンとエレナが答える。

その露店はサンドイッチというか、ホットドッグのようなものを売っていた。

たぶん、これから働きに出たり、街の外に出たりする人達向けに、携帯《けいたい》しやすい食事として売っているんだろう。ちらほら冒険者達も買っているのが窺える。

「細長い白パンに切れ目を入れて、そこに野菜やお肉を挟んだものだと思います」

「まあ～、そのようなパンがあるのですね」

「最近、増えたみたいです」

僕の言葉に、リリーちゃんは目を輝かせる。

サンドイッチなんて以前は見かけなかったが、最近はあちこちで見かけるようになった。

菓子パンほどではないが、じわじわ広がっていたようだ。

「気になるようでしたら、お昼ご飯用に買っていきますか？」

「いいんですか！」

「僕は構わないですよ。アレンとエレナは？」

「「さんどいっち、たべるー」」

「お兄様！」

「私もいいぞ。というか、私も気になるから、ぜひとも買っていこう」

早速、僕達は露店へと近づいて行き、並んでいる商品を覗《のぞ》いてみると――

「「ん～？」」

何故か、背伸びをして台の上を見る子供達が、眉《まゆ》を下げて首を傾げた。

「アレン、エレナ、どうした？」

「やさいしか」

「ないの～」

「……ああ、そういうことか」

並んでいる商品は、二、三種類の野菜が挟まれているものしかない。

アレンとエレナは種類の少なさにがっかりしていたのだ。

いくつもの種類を知っている子供達にとっては、寂しいラインナップだったようだ。

まあ、レタスにタシ葱とミズウリだけだったら、確かに物足りないかな？　これにハムやチーズが挟まれていてもいいよな～。

そんな二人を見て、リリーちゃんが首を傾げる。

「アレン様とエレナ様はどうなさいましたの？」

「食べ盛りなので、野菜だけじゃ物足りないみたいですね」

「あらあら！」

僕の返答にリリーちゃんは目を丸くするが、おかしくなったのかくすくす笑い出す。

「だが、私もアレンとエレナの気持ちがわかるな」

「お兄様ったら」

ラインも食べ盛りのようだ。

というか、商品を前に文句を言っていると、お店の人だって良い気はしないんじゃないだろうか。

……他の人の接客をしているので、こちらの話は聞いていないと思うけど。

「まあ、具は追加することもできますし、せっかくなので買っていきましょう」

幸い、追加で具にできそうなものは《無限収納《インベントリ》》にたっぷりとあるので、人数分の野菜サンドをさくっと購入してお店を離れた。


僕達は坑道の入り口に着くと、すぐに中に入る。

「お兄様、ここが坑道ですの？」

「ああ、そうだよ」

「結構暗いんですね」

「怖いかい？」

「……少しだけ」

何度か来たことがあるラインとは違って、初めてのリリーちゃんは少し怖がっている。

「《ライト》」

僕はとりあえず、魔法で周囲を明るくする。

「まあ！　とても明るいです！　これなら何ともありません。タクミ様、ありがとうございます！」

リリーちゃんに凄く感謝され、いたたまれなくなる。

だって、リリーちゃんのために明るくしたわけじゃなく、毎度やっていることだからな〜。まあ、そのことは言わないけどね。

「タクミがいると便利だな〜」

「まあ、お兄様！　その言い方はタクミ様に失礼ですわ！」

僕もラインの言葉に引っ掛かりを覚えたが、僕以上にリリーちゃんが憤慨《ふんがい》して兄を窘《たしな》め始めたので、不快に思うよりも唖然としてしまった。

「ご、ごめんよ、リリー」

「もう、私に謝っても意味がないですわ！」

思っていた以上にリリーちゃんが怒っているようで、凄い剣幕である。

「タ、タクミ、すまなかった」

「まあ、リリーちゃんに免じて、今回は聞かなかったことにします。けれど、次は友人をやめますからね」

「ええ⁉」

少し仕返しするつもりで冗談を言ってみれば、ラインが驚いた表情をする。

「当然です。タクミ様、お兄様と縁は切っても、私とは友人でいてくださいね。さあ、お兄様は放っておいて先に進みましょう。アレン様、エレナ様もこちらにどうぞ」

「「はーい」」

しかも、リリーちゃんが冷たい態度で追い打ちをかけると、さっさと僕の腕を引いて歩き始める。

「タクミ様、兄との付き合いをやめたい時は、身分など構わずに切り捨ててしまって構いませんからね」

「そこまで気に障《さわ》ったわけじゃないので大丈夫ですよ」

「タクミ様がそう言うのであればよろしいのですけど……」

「リリーちゃん、ありがとうございます」

後方からラインの「待って～」という声が聞こえるが、リリーちゃんは聞こえない振りをしてどんどん先に進む。

その途中、リリーちゃんがこちらを振り向く。

「ところで、タクミ様」

「何ですか？」

「もう少し口調を崩していただけませんか？　私の話し方は普段からこうですが、タクミ様は違いますよね？」

「あ～……そうですね」

「あ、またです」

何となく、口調は丁寧なまま話していたが、リリーちゃんはそれを止めて欲しいようだ。

まあ、普通に話すほうが楽だから、僕としてはそのほうが嬉しい。

「そうだね。でも……いいのかい？」

「はい、構いません。そちらのほうが親し気で嬉しいですわ！　もちろん、お兄様に対しても崩してください。むしろ、ぞんざいな扱いで構いませんわ」

話し方を変えると、リリーちゃんは嬉しそうに微笑む。

だが、ラインに対しては塩対応のままだ。

「じゃあ、僕からもお願い。できればでいいんだけど、僕のことを〝様〟付けで呼ぶのを止めてくれないかな？」

「アレンはアレンね！」

「エレナはエレナね！」

僕に続いて、アレンとエレナも呼び直しを要求する。

「では……アレンちゃん、エレナちゃん」

「「うん！」」

「えっと、その、タクミお兄様…………とお呼びしても構いませんか？」

リリーちゃんは、恥ずかしそうに子供達と僕のことを呼び直す。

まあ、僕だけはお伺いの言葉を付け足されたけどね。

もちろん、断る理由はない。

「妹が増えたみたいだな～」

「だめ！　いもうとはエレナだもん！」

リリーちゃんみたいな妹も可愛いな～と思ったら、エレナが断固反対する。

そういえば、冒険者のライゼルの時も僕に対しての「兄貴」呼びは嫌がっていたな～。まあ、今回はエレナだけのようだが。

「エ、エレナちゃん、決してお兄様を取るわけではありませんわ。お兄様のように慕《した》っているという意味を込めての呼び方ですわ」

「とらない？」

「ええ、取りませんわ」

「ほんとう？」

「本当ですわ」

「ん～、じゃあ、いいよ～」

「ありがとうございます」

リリーちゃんが真剣にお願いしたら、エレナから許可が出た。

ただの呼び方だけど、真剣にやりとりする二人はとても可愛いな～。

「あの……アレンちゃん、エレナちゃん、もし良ければ……私のことも姉と呼んでくれませんか？」

「「リリーおねーちゃん？」」

「はい！　わぁ、とても嬉しいですわ～」

リリーちゃんのお願いにアレンとエレナが素直に応えると、リリーちゃんは頬を紅潮《こうちょう》させて喜ぶ。

「わ、私のことも兄と呼んでくれ」

「「やだ！」」

少し後方をとぼとぼとついて来ていたラインが便乗して、アレンとエレナに兄呼びを要求したが、
二人は即座に断る。

「そ、即答!?　何故だい？」

「「なんとなく！」」

子供達の返答にラインはがっくりと項垂《うなだ》れている。

あらら、ラインの兄呼びは断るのか～。

「「ライライは～？」」

「それは、私のことか？」

「「うん、ライライ」」

「愛称というものか！」

嫌っているのかな？　とも思ったけど、アレンとエレナはラインに愛称をつけて呼び始めた。止めさせることも考えたが、ラインが意外と嬉しそうだったのでそのままにしてみた。

「「ねえ、ライライ」」

「何だい？」

「「どこいくー？」」

「ん？」

「そういえば、ライン、どこの道に向かうのか決まっているのかい？」

成り行きで先にすたすたと進んでいたが、ラインから行き先を聞いていなかった。

「ああ、それなら、最近新しく〝A〟の指定になったところを見に行こうと思っているんだ」

このケルムの坑道はA、B、Cと分類されていて、良い採掘品が出る坑道がA、質が落ちる毎にB、Cと番号が振られている。

「最新のAの坑道？　へぇ～、それはそれは、ざくざくと採掘できそうなところだな～」

「「ざくざく！　ほっていい？」」

ざくざくと聞いて、途端にアレンとエレナの表情が輝き出した。

すっかり採掘の楽しさに虜《とりこ》になっているようだ。

「ああ、構わないぞ」

「「はやくいくー」」

「うわっ！」

ラインから許可が出ると、アレンとエレナは少しでも早く行こうと、ラインの手を取り走り出す。

「アレン、エレナ、もうちょっとゆっくりな～」

「「はーい」」

「リリーちゃん、僕達も行こうか」

「はい」

僕は置いて行かれないようにリリーちゃんを促して、ラインと子供達の後を追った。


目的の場所には、わりとすぐに着いた。

そして早速、アレンとエレナは自分の鞄から道具を取り出す。

「リリーおねーちゃんに」

「にあうのさがすー」

そう言って、一目散に壁を掘り始めた。

そして数分もしないうちに――

「「なんかあったー」」

「「「「えっ!?」」」」

あまりにも早い発掘に、ラインとスタンバール家の護衛達が驚愕の声を上げる。

「「ざんねん～」」

「アレン、ミスリルだった～」

「エレナはしおだった～」

「「ええっ!!」」

しかし、ミスリルとケルム岩塩は『リリーちゃんに似合うもの』を探す子供達にとってはハズレだったらしい。もう興味はないとばかりに籠《かご》にポイっと入れ、また掘り始める。

稀少なものを残念なものとして扱う子供達に、ライン達は先ほどよりも驚いているようだった。

「タ、タクミ、ざ、残念って!!　ミスリルも岩塩も一つ掘り出せれば大当たりなものだぞ!?」

「うちの子達も稀少なものだっていうことはわかっているよ。ただ、今は違うものを探しているから、それじゃなかったっていうことだね」

ラインの言葉にそう答えると、首を傾げられる。

「違うもの？」

「リリーちゃんに似合うものだね」

「リリーに？」

「ああ、掘り始める前に宣言していただろう？」

ん〜、でも、何を探しているんだろうか？　きっと、宝石だよな？

気になったので、直接聞いてみることにした。

「アレンとエレナは何を探しているんだ？」

「「すいしょう！」」

「なるほど、水晶か」

「「そうなの！」」

二人は元気よく頷く。

「あ、すいしょう、でたー」

「こっちもー。でも、ちがーう」

「だね。こっちもちがーう」

言っているそばから、アレンとエレナがそれぞれ水晶を見つけた。黒と黄色かな？

だが、狙っている色があるようで、またハズレ扱いをしている。

「何色を探しているんだ？」

「アレン、みどりー。フルールのいろー」

「エレナはあおー。リリーおねーちゃんのおめめのいろー」

リリーちゃんが飼っているパステルラビット、フルールの色と、リリーちゃん自身の瞳の色か。

なるほど、ちゃんと考えて色を決めているようだ。

「見つかるといいな」

「「みつけるもん！」」

まあ、根拠はないけれど、アレンとエレナなら確実に見つけるだろうな～。

「「これもちがーう」」

次々と何かを掘り出しては、残念そうな表情で籠を満たしていく子供達。

「……またミスリル」

「鉄鉱石だって、もうあれだけ掘り出したし……」

「あの水晶だって何個目だ？」

「うわっ、なんか特大の宝石を掘り出したぞ！」

子供達の様子を唖然とした感じで眺めるラインと護衛達。

「Aの坑道は鉱物が掘り出されやすいところだと聞いていましたが、本当に見つかるものなんですね～」

「いやいやいや！　リリー、勘違いするなよ。普通はこんなにも掘り出されないからな⁉」

リリーちゃんの言葉に、ラインが慌てて訂正する。

「そうなんですの？」

「そうなんだよ！　こんな短時間でこれほど採掘されるなんて、絶対にあり得ないからな！」

「じゃあ、アレンちゃんとエレナちゃんが凄いのですね！」

リリーちゃんだけが純粋に賞賛の声を上げる。

「ラインは採掘しないのか？　ミスリルを掘り出すんだって張り切っていたじゃないか」

「この状況でか!?　ざくざく掘り出す子供達の横で作業していると、虚《むな》しくなるだけじゃないか!?　絶対に！　確実に!!」

僕の言葉に、ラインはいやいやと首を横に振る。

「気にしないほうがいいぞ。あの子達、強運を持っているらしいから。大丈夫、ラインも何かしらは掘り出せるよ」

「何を根拠にだ!?」

「何となく？」

「まったく根拠がないじゃないか！」

全力で突っ込んでくるライン。

根拠はないが、あんなにもざっくざく出ている人が傍にいたら、自分もざっくざく出そうな気がしてこないかな？　以前、坑道に連れてきてくれたモルガンさんだって、気の持ちようで大量に掘り当てていたんだがな〜。

なんて考えているうちに、アレンとエレナが声を上げた。

「「あったー！」」

「お、見つけたか？　アレンとエレナ、二人とも？」

「「うん！」」

どうやら二人同時に、目的のものを見つけたようだ。

二人は僕のところに駆け寄ってくると、親指と人差し指で水晶をつまんで見せるように掲げる。

綺麗に透き通っているが、色ははっきりとしている緑水晶と青水晶である。

「色も形も綺麗なのを見つけたな」

「「うん。――はい、リリーおねーちゃん、あげるー」」

二人は頷くと、僕の隣にいたリリーちゃんに向き直った。

「えっと……ですが、このように素晴らしいものを……本当によろしいのでしょうか？」

「子供達がリリーちゃんのために探したものだから、貰ってあげて」

「「もらってー」」

「あ、ありがとうございます。とても嬉しいですわ」

「「えへへ～」」

水晶を渡すと、アレンとエレナ、リリーちゃんはへにゃりと笑い合う。

ほのぼのとした雰囲気が三人の周りを取り巻いている。リリーちゃんには失礼かもしれないが、三つ子のように見えてきたな。

「……リリーばかり懐かれてずるい」

ラインが少々拗《す》ねていた。

「ラインに懐いてないわけじゃないだろう？　あの子達が懐かないといったら、視線すら合わせないぞ」

「え？　そうなのか？」

「今はマシになったけど、もの凄く人見知りだからな。性格が悪そうな人物だと判断したら、警戒して近づくことすらしないな」

「おぉ！　そうなのか！」

その点、ラインのことは愛称をつけたり、手を引いて催促したりしているから、どちらかといえば懐いているほうだろう。

それを伝えれば、ラインは嬉しそうにする。

「まあ、ラインよりリリーちゃんのほうが格段に懐かれているのは間違いないけどな～」

「何故、そこでまた落とすんだ⁉」

「さて、ちょうど良い頃合いだし、お昼ご飯にしますか」

「無視⁉」

ラインは貴族としては素直な性格なので、かなりいじりやすい。

いつもは僕がいじられるほうだが、ライン相手だと逆の立場になれるので、ちょっとだけ嬉しい。

「「ごはーん！」」

ご飯と聞いて、アレンとエレナがリリーちゃんを連れてこちらに来る。

「サンドイッチに具材を追加するんだったよな。アレン、エレナ、何にする？　リリーちゃんも食べたいものはあるかい？」

「「んとね～」」

「食べたいものですか？　えっと、すみません。私には何が合うのか全然わかりませんので、タクミお兄様のお勧めでお願いします」

ああ、リリーちゃんはサンドイッチを食べたことないんだったもんな～。確かにそれだと、何が良いのかわからないか。

「アレンとエレナは決まったかい？」

「「えっとね～」」

「タマゴでしょ～」

「ハムでしょ～」

「ポテトサラダもいいね～」

「ツナマヨもいいね～」

「トンカツ？」

「テリヤキ？」

「あ、ショーガやき！」

「ハンバーグもいい！」

「いやいやいや、全部は無理だろう!?」

アレンとエレナが言ったものはどれも、サンドイッチとの相性が良いものばかりなのは間違いない。だが、さすがに種類が多過ぎる。

「一、二種類に絞ろうか」

「「えぇ～」」

「えぇ～って言ったって、食べきれないだろう？」

「「むぅ～」」

アレンとエレナは不服そうに頬を膨らませている。

珍しく聞き分けが悪いな～。

「何かわからないものもあったが、タクミが作ったものならどれも美味しいんだろうな。だから、私も全部食べてみたい」

「ちょっと、お兄様……空気を読んでくださいませ」

ライン、全部は無理だと話しているところなのに、今の発言はないな～。

「リリーちゃん、お説教をお願いしてもいいかな？」

「タクミお兄様、お任せくださいませ」

「うん、よろしく」

ラインへの説教はリリーちゃんに任せ、僕は子供達と目線を合わせるように屈む。

「アレン、エレナ、どうしても今、全部食べたいの？」

「「……ううん。リリーおねーちゃん」」

「あ、リリーちゃんに食べさせたかった？」

「「……うん」」

どのサンドイッチも美味しいからリリーちゃんに食べさせたかったという、可愛い我儘だったようだ。

「そうか。でも、リリーちゃんも全部食べるのは無理だろうから、アレンとエレナが絶対に食べてもらいたいものを一つずつ選ぼうか。残りはリリーちゃん家の料理人に作り方を教えておけば、食べてもらうこともできるしね」

「「……わかった」」

結局、タマゴサンド、ショーガ焼きサンドの二種類でお腹を満たすことになった。


食事を終えると、午後からはラインとリリーちゃんを交えて採掘に勤《いそ》しんだ。

リリーちゃんは初めての採掘だったが、アレンとエレナが付き添い、水晶などそこそこ見つけた……のだが、一方でラインは、全然見つけられないという結果になった。

アレンとエレナの強運はうつることもあれば、うつらないこともあると証明されたのだった。

第三章　クレタ国へ行こう。

いよいよ、クレタ国へと出発する日が来た。

悲しそうな顔をするリリーちゃん達スタンバール家の人達と別れの挨拶を済ませ、白い近衛騎士服に着替えた僕達は、スタンバール家の訓練場へと移動した。

「「シャロ、いたー！」」

「お、やっと会えたな」

「「いってくるー」」

訓練場では既に竜騎士達が旅立つ準備をしており、その中にシャロがいるのを発見したアレンとエレナが、突進していった。

ここ数日、ずっとシャロに会いたいと思っていたようなので、当然の行動である。

何故これまで会っていなかったかというと、飛竜達は基本的に、相棒である竜騎士に呼ばれない限り自由に過ごすことになっているからだ。

まあ、夜の厩舎《きゅうしゃ》に行くか、クイーグさんに呼んでもらえば会うことはできたのだが、自由に過ごすシャロの邪魔をしたくないからと、子供達が我慢したのである。

「ギャウ〜」

シャロも嬉しそうに子供達を懐《ふところ》に囲い入れると、ベロン、ベロンと二人の顔を舐める。

クイーグさん以外の四人の竜騎士は、飛竜に向かって走り寄ってくる子供達に大慌てしていたが、すっぽりとシャロの懐に収まった子供達を見て、驚愕の表情を浮かべていた。

にやにやしているクイーグさんを見る限り、同僚達にあえて何も説明していなかったのだろう。

「「「ギャウ、ギャウ」」」

他にいた四匹の飛竜もアレンとエレナのところに詰め寄るように集まる。

しかも順番に、ベロン、ベロンと子供達の顔をまんべんなく舐めていく。

あっという間に、二人は飛竜の涎《よだれ》まみれになっていた。

その光景に、クイーグさん以外の竜騎士達は、先ほど以上に驚愕している。

飛竜は滅多に相棒以外の人間に懐かないっていうのに、あの子供達の光景を見れば驚くしかないよな〜。

僕はそっと、クイーグさんに近づいていく。

「伝えていなかったんですか？」

「私も驚いたんですから、みんなも存分に驚けばいいんです」

自分がした経験をみんなにも……ってか？

クイーグさんって意外と意地が悪かったりするんだろうか？

「あっ！」

「ん？」

クイーグさんが声を上げて慌てて僕から離れた途端、飛竜達がこちらに突進してきた。

そして――ベロンッと、思いっ切りシャロに舐められた。

しかも、舐められるだけにとどまらず、甘噛《あまが》み、すり寄せと……五匹の飛竜達に揉《も》みくちゃにされる。

汚したら困ると思っていた白い騎士服が、すっかりヨレヨレだ。

一応、今日から護衛として同行するからと思って着たんだけど……まだ着るんじゃなかった。

「「きゃはは～、おにーちゃん、ベロベロ～」」

アレンとエレナはしっかりとシャロの背に乗って、高みの見物をしていた。

まあ、二人も既にヨレヨレになってはいるけどね～。

「笑うなんて酷いな～。アレンとエレナも同じだろう」

「「おそろーい？」」

「……このお揃いはちょっと駄目だな～」

「「だめー？」」

「駄目だね。ほら、綺麗にするから降りておいで」

「「はーい」」

とりあえず、《ウォッシング》で涎まみれの顔や服を綺麗にする。

「「「「ギャウ、ギャウ～」」」」

途端に、飛竜達が一斉に猛抗議の合唱。

マーキングである臭いまで綺麗さっぱりなくなってしまったからかな？

「おわっ！」

「「わぁ！」」

僕、アレン、エレナを中心に飛竜達が集まり、ぎゅうぎゅうとおしくらまんじゅう状態になる。

舐めるとまた綺麗にされると思ったのか、今度は純粋に身体を擦りつけるだけにとどまっているけどね～。

「……タクミ達は本当に規格外ですね」

オースティン様がいつの間にか来ていたらしく、僕達を見て苦笑いをしていた。

「そろそろ出発しますから、飛竜達を落ち着かせてくださいね」

「僕が!?」

「この状況を作ったのはタクミでしょう？　しっかりと後始末はお願いしますね」

「……」

後始末って……何だろうね？　えっと——

「ほらほら、出発するみたいだからみんなも準備してね」

「「「「ギャウ」」」」

とりあえず、飛竜達に声を掛けてみると、驚くくらいあっさりと僕の言うことを聞き、一列に整列する。

「わぁーお」

「「おにーちゃん、すごーい」」

「……本当にタクミは規格外なことをしますね」

僕、アレンとエレナが驚きの声を上げる一方で、オースティン様は呆れたような声を出す。

ただ、規格外って言われてもね～。

「ただの偶然じゃないですかね？」

「ただの偶然でも凄いことですよ？　それにしても……どうしてくれます？　竜騎士達が落ち込んでしまっているじゃないですか」

「……え？」

オースティン様に指摘されて竜騎士達のほうを見れば、クイーグさんは呆れたような表情だが、他の四人の竜騎士達ががっくりと項垂《うなだ》れているではないか！

「苦労してやっと絆《きずな》を築いた飛竜が、あっさりと初対面の人間に自分以上に懐いてしまっているんですよ？　それは……自信喪失してしまいますよね？」

「え？　え？　ど、どうしたら？　わ、わざとじゃないですけど……」

僕がそう慌てていると、オースティン様がくすくすと笑う。

「冗談です」

「えぇ⁉」

「騎士達にはタクミの非常識ぶりをたっぷりと教え込んでおきましたから、すぐにいつも通りに戻るでしょう。あれは、必要以上に盛って話していると解釈していたのに、実際に目《ま》の当たりにして驚いているだけですよ」

「……」

どんな伝え方をしたのか気になるが……聞くのは止めておいたほうがいいな。絶対に突っ込みたくなるだけだろうし。

オースティン様の言う通り、すぐに立ち直った竜騎士達は出発の準備を始める。

「それにしても、純粋な護衛は四人だけですか？　少なくありませんか？」

飛竜は五匹。それぞれに竜騎士がいて、一番大きな個体にオースティン様と近衛騎士の一人が乗り、僕と子供達はクイーグさんと一緒にシャロに乗せてもらう。

残りの三匹に近衛騎士が一人ずつという布陣《ふじん》で行くらしい。

飛竜は三人まで騎乗が可能だ。それなら、あと三人は飛竜に乗れる。まあ、それでも護衛の人数は少ない気がするけどな。

「おや、言ってありませんでしたか？　一緒にここまで来た護衛や侍従《じじゅう》の大部分は、別ルートで先にクレタ国に向かっているんですよ。そちらの到着に合わせて、今日、私達が出発するんです」

「そ、そうだったんですか」

他国に向かう使節団としては少ないと思っていたが、別部隊があったとはな～。

道理で、オースティン様が僕達と合流してからすぐに出発しなかったわけだ。日程を調整していたんだな。

「さて、そろそろ出発しましょうか。あまり遅くなると日が暮れてしまいますからね」

「はい、わかりました」

僕達はケルムの街を発ち、クレタ国へと向かった。


「タクミさん、あそこで一旦休憩になります」

ずっと飛び続けてお昼を少し過ぎた頃、飛竜と僕達の休憩兼食事のために平原へと降り立った。

「苦痛とまではいきませんが、やはり長時間同じ体勢でいるのは辛いですね～」

オースティン様は飛竜から地面へ降り、身体を伸ばす。

「確かにそうですね～」

「「ん～～～」」

僕も同じように身体を伸ばすと、アレンとエレナも両手を挙げて背伸びをする。

ちょっとやっていることが違う気がするが、可愛いからいいか。

騎士達も飛竜の背から降りると、荷物を下ろし始める。僕も手伝わなくてはと慌てたその時、飛竜達が騒ぎ出した。

「「「「ギャウ、ギャウ」」」」

「え!?」

「「わぁ！」」

一目散に僕と子供達のもとへと寄ってくるじゃないか！

そして、五匹の飛竜達はドーナツ状に丸く整列して地面に伏せる。もちろん、真ん中には僕達。

頭は中心の僕達のほうを向いて、まるで撫でろと言わんばかりに視線を向けてくる。

「あ～、ここまでありがとう。お疲れ様」

「ギャウ」

とりあえず、一番近くにいたシャロの頭を撫でれば、シャロは嬉しそうに鳴く。

「「「「ギャウ、ギャウ」」」」

すると、〝こっちも〟と言うかのように、他の四匹の飛竜が鳴いた。

「アレン、エレナ、順番に撫でていくぞー」

「「はーい」」

僕達は急いで飛竜達を撫でて回る。

「これで満足したかな？」

「「ふぅ～」」

五匹の飛竜を撫で終えた頃には荷物下ろしは既に終了していて、飛竜達に飲ませる水や、飛竜達の餌であろう果物も置かれていた。

そしてなにより、オースティン様達が休憩に入ろうとしていた。

「タクミ、お疲れ様です。先に休ませていただいていますよ。いや～、それにしてもタクミ達がいると飛竜達がご機嫌で助かります。クイーグもそう思いませんか？」

「ええ、そうですね。飛行も順調ですし、飛行前後でも駄々《だだ》をこねる様子もありませんからね」

クイーグさんの言葉に、僕は目を丸くした。

「駄々……をこねるんですか？　飛竜が？」

「ええ、荷物を積むのを嫌がったり、逆に下ろす時になどね。そういった場合は、機嫌が治るまで待つ必要があるんですよ」

「へぇ～、そうなんですか」

飼いならされているとはいえ、飛竜も魔物だからな。不機嫌な時に近づくのは危ないよな～。

「殿下、こちらをどうぞ」

「ありがとうございます」

ケヴィンさんが湯気の出ているカップとパンをオースティン様に渡す。

「ほら、これはタクミ、アレン、エレナの分だ」

ケヴィンさんは続いて、僕達にもカップを渡してくれた。

「「ありがとう～」」

「ありがとうございます。すみません、準備を手伝えなくて」

「気にするな。おまえ達は飛竜の世話をしていただろう。あれだって立派な仕事だ」

ケヴィンさんは軽く手を振って、同僚のもとへ戻っていく。

「えっと……僕達もあっちに行ったほうがいいのかな？　それとも……」

さすがに王太子殿下であるオースティン様と一緒に食事をするのは避けたほうがいいか？

「私とでは嫌ですか？」

「いえいえ、とても光栄です」

「「いっしょー！　いただきまーす！」」

「はい、どうぞ」

僕達は騎士達とではなく、オースティン様と一緒に食事を摂ることになった。

「それにしても、タクミのお蔭で美味しいものが食べられますね」

「あ、これがそうなんですね」

どうやらカップの中身は即席スープだったようだ。早速、活用しているんだな。

中身はあれだな、クレタ国に持って行くために作っていた見本用のスープだ。

「食べてしまっていいんですか？」

「ええ、ここで食べる分も考慮《こうりょ》していますからね」

なるほど、あの量産は移動中に食べる分も含まれていたんだな。

「そうだったんですね。ありがとうございます」

僕達はオースティン様とおしゃべりしながらゆっくり食事をし、休憩を堪能した。

「また、お願いいな」

「「おねがーい！」」

「ギャウ！」

休憩が終わると、僕達は再び飛竜に乗ってクレタ国を目指した。

◇◇◇

日が暮れる前に、僕達は無事にクレタ国の王都に到着した。

いや〜、飛竜達は凄かった。まさか本当に一日で着くとは思わなかったよ。

事前に許可を取っていたのだろう、飛竜に乗ったまま城の広場に降り立つと、すぐに出迎えの人達がやって来た。

文官も混ざっているみたいだが、騎士の制服を見る限り、先に到着していたガディア国の人達もいるようだ。

見覚えのない制服姿の騎士達は、クレタ国の人達だろう。

オースティン様は飛竜から降りると先頭に立ち、出迎えたくれた中の一人の前に歩いていく。

「オースティン殿下、ご無事にご到着されて何よりです」

「リーバー侯もお疲れ様です。子細《しさい》は後ほど。――出迎えしていただきありがとうございます」

オースティン様は別部隊の一員である貴族らしき人物に軽く声をかけると、すぐにクレタ国の人に挨拶をする。

「ようこそお越しくださいました。すぐにお部屋へご案内いたします。短い時間ですが、晩餐《ばんさん》までゆるりとお休みください」

「ご厚意ありがとうございます」

今日はもう晩餐だけだろうから、打ち合わせは明日になるのかな？

「タクミ、こっちだ」

オースティン様のことは先にクレタ国に到着していた騎士に任せ、僕達はこの国にいる間、滞在する部屋へ移動することになった。

ケヴィンさんの先導で、他の騎士達と一緒に移動する。

「俺達の部屋はここのようだ」

部屋は相部屋で、僕はケヴィンさんと同じ部屋になる。

「「わーい」」

「騒ぐなよー」

「「はーい」」

アレンとエレナは部屋に入るなり、ベッドに飛び込んだ。

それを見つつ、ケヴィンさんが聞いてくる。

「タクミ、本当に相部屋で良かったのか？　頼めば、子供達とひと部屋使えると思うぞ」

「僕は大丈夫です。どのみち、子供達はまだ僕と一緒のベッドを使っていますからね。それよりも、ケヴィンさんこそ良かったんですか？　うちの子達はバカ騒ぎはしませんが、多少賑《にぎ》やかになるのは間違いないですよ」

部屋割については前もって聞かれていたが、子供達も含めて一人としてカウントしてもらうことにしていた。まだ子供達は僕に引っついて寝ているしね。

それに一応さ、僕も護衛っていう立場で来ているので、特別扱いは極力しないようにお願いしてある。そもそも、子供達を連れて来ていること自体が特例だからな。

あと、同室に仕事内容に詳しい人がいてくれたほうが、何をどうしたらいいのかもわかりやすいしな！

「俺はクイーグから勝ち取って相部屋になったんだから、それこそ気にするな」

「え？」

「聞いていなかったか？　クイーグもタクミ達と同室になるのを望んだんだが、近衛の俺のほうが仕事の誘導とかがしやすいから、俺に決まったんだよ」

ケヴィンさんもクイーグさんも顔見知りだから、僕達のことを気に掛けてくれていたようだ。

「ありがとうございます。不慣れというより本当に何も知らないに等しいので、よろしくお願いします」

「ははっ、そりゃあ、そうだよな。まあ、わからないことがあったら何でも聞いてくれ」

「はい！」

ケヴィンさんが凄く頼もしい！　これはもうケヴィンさんについて行くしかない！

そんな話をしていると、子供達がベッドから降りて裾を引っ張ってきた。

「「おにーちゃん、おなかすいたー」」

「もう少ししたらご飯だから、ちょっとだけ我慢な」

「「おやつ、だめー？」」

「今食べたら、ご飯が入らなくなるぞ」

「「むぅ～」」

普段ならもうご飯を食べている時間だから仕方がない。だが、他国の城に到着したその日に食事を早く寄越せなんて言えない。

もう少し待ってまだのようだったら、子供達にだけ《無限収納《インベントリ》》にあるご飯を食べさせるかな……と思っていたら、部屋の扉がノックされた。

ケヴィンさんが対応すると、こちらを向いて僕達を呼び寄せる。

「どうしました？」

「食事の準備ができたってよ。食堂に行くぞ」

「「うん！」」

頬を膨らませていた子供達は、途端に笑顔になる。

「「ごはん、なにかなー？」」

「ん〜、何だろうね」

「あー、ワクワクしているところに水を差して悪いんだが、タクミが作るような料理は出ないと思うぞ」

ケヴィンさんが心配するように忠告してくるけど、僕の作る料理が一般的なものじゃないことは、僕も子供達もわかっている。

そもそも、この世界の料理は不味いわけじゃない。ただバリエーションが少なかっただけで、味の心配はしていない。

それに最近じゃ、ショーユやミソを使った料理やマヨネーズも普及し出しているし、お手軽塩も流通している。

まあ、ここはガディア国ではないので、どこまで普及しているかわからないけど……この世界の伝達力は侮《あなど》れないからな〜。

「「ごはん♪　ごはん♪」」

楽しそうな子供達と一緒に、食堂に辿り着く。

「ここですか？」

「そのようだな。そこのカウンターで食事を貰って、空いている席で食べるらしい」

「へぇ～」

セルフ式の食堂ってことか。

どうやら騎士達が使用する食堂のようで、クレタ国の騎士達が食事している姿がある。

それに、既にクイーグさん達も食事を摂っていて、僕達が入ってきたのを見つけて手招きしていた。あそこの席を確保してくれているのだろう。

「すみません」

「おっ、ガディア国の騎士様だ――んん!?　子供!?」

注文を受けようとした料理人さんが、アレンとエレナの姿を見て驚きの声を上げた。

「あ、すみません。僕の弟妹です。許可は下りています」

「そうなのか？　この食堂に子供が来るなんて珍しいから驚いたよ。大きな声を出して悪かったたな」

「「だいじょーぶ」」

すっかり食堂にいた人達から注目を浴びてしまったが、仕方がない。

城に到着した時は、子供達は僕の足に引っつき、上手い具合にマントで隠れていたから、噂の〝う〟の字も広まっていなかっただろうしな。

「さすがに騎士や騎士見習いってわけじゃないだろう？」

「この子達は飛竜の世話係で連れてきたんだよ。懐かれる体質のようでな」

「ほぉ～、飛竜の愛《いと》し子《ご》かい！　そりゃあ、凄い」

「それよりも食事を頼めるか？　この子達、すっかり腹ペコなんだよ」

「おお、それは悪かった。すぐに用意するよ。えっと、三人前でいいかい？」

「ああ、それで頼む」

子供達を見て興味深そうにいろいろ聞いてくる料理人さんに、ケヴィンさんがスマートに対応してくれる。

うん、凄く見習いたい対応だ。

「お待たせ！」

しばらくして料理人さんが持ってきてくれた三つのトレーの上の料理を見て、僕は目を見開いた。

「多っ！　え、何ですかこれ。これが一人前の量!?」

「身体が資本の騎士の食事なんて、これくらいが普通だろう？　ガディアでは違うのかい？」

「ああ、こいつが特別少食なだけです」

「そうなのか？　ちゃんと食べないと、大事な時にへばるぞ」

本日のメニューは分厚いステーキ、どんぶり並みの皿に入った具だくさんのスープ。これでもかというくらいに盛られたパン。それに、フルーツの盛り合わせまでついていた。

それが三人分だ。

「「すごーい」」

「いっぱい食べろよな」

「「うん！」」

目を輝かせる子供達に、にこやかに料理人さんが言うが、僕は慌てて首を横に振った。

「いやいや、無理です！　これ、一人前に減らしてください」

「お前さんと子供達で一人前でいいってか？　そりゃー、食べなさ過ぎだろう」

「十分です！　残すともったいないので、お願いですから減らしてください」

「そこまで言うなら戻すが……足りなかったら追加で出してやるから、ちゃんと言えよ」

「はい、ありがとうございます」

たくさん食べろと言ってくれる料理人さんに何とか量を減らしてもらったトレーを受け取り、僕達はクイーグさん達のいる席へと向かう。

「ケヴィンさん、その量を本当に食べられるんですか？」

「……食べられる食べられないで言えば、食べられる。ただ、これから訓練っていう時には無理だろうな。動けなくなる」

食事は美味しかったが、やはり僕と子供達で一人前でちょうど良かった。

そんな大量の食事だったが、細身に見えるケヴィンさんをはじめ、他の騎士達も誰一人として残さずに平らげていたので、僕は驚きでいっぱいになった。


翌日、僕達はオースティン様に連れられて、クレタ国の人達と対面することになった。

なので、今日は騎士服ではなく、ガディア国国王のトリスタン様に初めて謁見した時のような少々かしこまった礼服を着た。もちろん、アレンとエレナもおめかししている。

あくまでも騎士服は、目立たないためのものだったからな。今から会う方達には、僕の情報はしっかりと伝わっているので、変装の必要はない。

てっきり謁見の間に連れて行かれると思ったのだが、普通の応接間のような部屋に入った。あ、普通と言ってもお城の応接間なので、豪華な作りではあるけどね。

「メイナード陛下、お待たせしました」

「問題ない。時間通りだ」

部屋の中には既に数人いたが、オースティン様の言葉に応えた中央に座っている男性が、クレタ国の王様なのだろう。

クレタ国の王様——メイナード様はトリスタン様と同年代くらいで、焦げ茶の髪と瞳に、がっちりした体格——筋骨隆々《きんこつりゅうりゅう》のマッチョな人だ。とにかく大きい。相手は座っているのに、立っている僕とあまり視線の高さが変わらない気がする？

「オースティン殿、そちらが例の？」

「ええ、昨日お話しした即席スープの開発者、冒険者のタクミとその弟妹です。タクミ、こちらがクレタ国の国王陛下であるメイナード様です」

「タクミと申します。お会いできて光栄です、国王陛下」

「俺のことはメイナードでいいぞ。俺もタクミと呼ばせてもらうからな。オースティン殿から話を聞いたが、タクミは凄いものを開発したな！」

メイナード様は朗《ほが》らかな人のようだ。

しかも、親しみやすいというか、礼儀とかをあまり気にしなさそうな人……なのかな？

「あれは本当に凄い！　あんなに簡単にスープができるなんて画期的だ！　すぐに流通させるべきものだな！　そして、よくぞ我が国に声を掛けてくれた！」

メイナード様は立ち上がると僕達のほうへやって来て、僕の肩をポンポンと叩いてくる。

……しかし、間近で見るとさらに大きいな～。

「えっと、色よい返事が貰えるってことですかね？」

「もちろんだ。あれの製造、販売の権利を断るなんて、愚か者のすることだな。あまりにも無謀《むぼう》な契約内容では困るが、ある程度の条件なら喜んで呑《の》むわ！」

どうやら、こちらに有利な条件でも契約してくれそうな勢いである。

「父上、少し落ち着いてください。客人達を立ちっぱなしにするなんて失礼ですよ」

「おお、そうだな！　オースティン殿、タクミもすまなかったな。こちらに座ってくれ」

「ありがとうございます、メイナード陛下」

興奮気味のメイナード様を窘めたのは、僕と同じ歳くらいの青年だった。

メイナード様のことを〝父上〟と呼んだってことは、王子様だよな？

席へと案内されたので僕達は、オースティン様と並んで座る。もちろん、アレンとエレナもだ。

座って落ち着いたところで、改めて挨拶をする。

「挨拶が遅れて申し訳ありません。タクミと申します。お会いできて光栄です」

すると先ほどの青年が、自己紹介をしてくれた。

「クレタ国、第二王子のレインと申します。父がすみません。少々暴走しやすいですが、裏のない性格だと息子の私が保証しますから、気長に付き合ってやってください」

レイン様は髪と瞳の色こそはメイナード様と同じ焦げ茶だが、体格も性格も全然違うから、印象はまったく似ていない。

「いえいえ、僕は冒険者でただの庶民ですので、そんな……付き合うとか付き合わないとかありませんよ」

「ただの庶民ですか？　それはないでしょう。他国の王城に王族を連れてわざわざ契約に来ているんですから」

「……」

えぇ～……。

いやね、僕だって自分達が少々普通じゃないことくらいわかっているよ？

だけど、初対面の王子様から突っ込まれるほど、僕って庶民から外れているんだろうか？　ん～、庶民に徹するって難しいな～。

というか、オースティン様が顔を背けて身体を震わせている。あれは絶対に笑っている。

「……オースティン様」

「す、すみません。でもね、タクミ、そろそろ普通じゃないってことを自覚しましょうか」

「言い続ければ普通でいられるかな～、と。……駄目ですかね？」

「はい、無理だと思いますよ。そもそも、庶民が三国の王族と面識を得たりできませんからね」

「……ですよね～」

ガディア国、アルゴ国、クレタ国。

成り行きとはいえ、どの国も王様と王子様と知り合っているんだよな。

あれ？　でもそういえば、まだ本物のお姫様には会っていないっけ。

そんなことを考えていると、レイン様がオースティン様のほうに向き直る。

「無自覚、というわけではないんですね」

「ええ。これがタクミですね。時々、とぼけたことを言いますが、素直な青年ですよ」

……とぼけているわけではないんだけどな～。

「では、改めまして、メイナード陛下、レイン殿。こちらが即席スープの契約内容になります。ご覧ください」

オースティン様は侍従から書類を受け取り、メイナード様とレイン様に差し出す。

「これはまた……ずいぶんと安い価格で販売するつもりなのですね」

「誰にでも手に入る値段。それがタクミの希望ですのでね」

「儲《もう》けようと思えば儲けられるのに、自分の利益を度外視する。なかなかできない行《おこな》いですよ。ですが、確かにあのスープは広く行き渡るほうが国のためにもなりますしね」

オースティン様とレイン様がそんな会話をしていると、メイナード様が大きく頷いた。

「うむ、あれがあれば騎士はもちろん、商人や冒険者の活動が活発になるのは間違いない！　俺が現役の頃に欲しかった！」

「ん？」

メイナード様が現役の頃？　えっと、今でも国王として在位しているのだから、現役だよな？

「父は若い頃、冒険者としてあちこちを放浪《ほうろう》していたらしいのですよ」

僕が不思議そうな顔をしていたせいか、レイン様が説明してくれる。

「え？　冒険者だったんですか!?」

「うむ。Aランクまで昇ったのだがな、Sランクには残念ながら届かなかった」

「おぉ！」

Aランクにまでなったってことは、お遊びとかじゃなく本格的に活動していたんだな！

というか、王族でも冒険者をやっていた人が、本当にいたよ！

「タクミは既にAランクだと聞いた。君はまだ若いからSランクになれるだろうな！」

「えっと……それはどうでしょうか。僕にはあまり応用力などがありませんから」

「確かに、冒険者ランクが上になればなるほど、単純な戦闘力以外の能力も必要になる。だが、AからSに上げるのに必要なのは、純粋な実力だろう」

「そうなんですか？」

「ああ、頑張りたまえ」

特に冒険者として上を目指しているわけではない僕としては、「はい」とは言いづらい。だからといって「いいえ」とも言えないんだけど。

「「がんばるー！」」

返事に窮《きゅう》している僕の代わりに、子供達が元気よく返答しちゃっているけどね～。

まあ、みんな微笑ましく見ているのでいいか。

◇　◇　◇

契約内容については概《おおむ》ね問題ないようだが、さすがに国単位での事業になり得るものを即決というわけにはいかないので、正式な契約締結《ていけつ》は後日となった。

とはいえ、これで僕の役目もほぼほぼ終了だ。

まあ、肩書上は護衛としての仕事が残っているが、それは本職の人達がいるのではっきり言って僕の出番は少ない。

現に、メイナード様と契約の話をした翌日、僕は護衛の担当に組み込まれなかった。

「それじゃあ、今日は街に行って買い物でもするか～」

「「おかいものするー！」」

担当外の時間は羽目を外さなければ好きに過ごして良いと言われているので、街に出て買い物をしようと思う。

そう子供達と話していると、ベッドに寝転がっていたケヴィンさんが起き上がった。

「タクミ、出かけるのか？」

「はい、クレタ国に来たのは初めてですから、街を散策してきます。お天気もいいですしね」

「俺も一緒に行っても構わないか？」

「ケヴィンさんも護衛はお休みですか？　僕達は全然構わないですけど、行き先は決めてないですから、適当にぶらぶらする予定ですよ？」

街の散策と言っても、クレタ国の特産物探しという名目で食材関係のお店巡りになる気もするけど……ケヴィンさんはそれでもいいんだろうか？

「やることもないから問題ないさ。ああ、今なら迷宮品の食材を扱う店に案内できるぞ？　この街の近くにある迷宮の品が揃えてある店にな」

「よろしくお願いします！」

「くくっ、了解」

食い気味に返答したら、ケヴィンさんに笑われてしまった。

でも、まさに行きたい店を提示されては、お願いするしか選択肢がないじゃないか！

「じゃあ、行くか」

「「いこーう、いこーう！」」

城で働く人が使う出入り口から城を出て、僕達は活気ある通りに向かった。

「「どっちー？」」

「ん？　商店街は東……左だな」

「「ひだりー！」」

「アレン、エレナ、もう少しゆっくり行こう」

「「はーい」」

子供達はうきうきと初めての街並みを見回しながら、「早く、早く」と僕の手を引っ張る。

「ケヴィンさんは、この街には何回ぐらい来たことがあるんですか？」

「今回が二回目だよ。とはいっても、前回も公務でな。だから、そこまで詳しいわけではないからあまり期待するなよ」

「いえいえ、僕が行きたかった店を知っていてくれただけでも、とてもありがたいですよ」

ぶらぶら散策するのも、それはそれで楽しいので何も問題ない。というか、そもそものつもりだったし。

「でも、何で迷宮品を扱う店をピンポイントで知っていたんですか？」

「同僚にさ、買ってこいって言われたものがあったんで、前の時に店を探したんだよ」

「へぇ～、そうなんですか」

「おっと、ここだな」

ケヴィンさんと話しているうちに目的のお店に着いた。

早速、扉を開けて店の中に入る。

「「おぉ～」」

「これはまた……」

お店の中には様々なものが並べられていた。それこそ食べものから正体不明のものまで。

「悪いな。入り乱れているだろう？」

お店に入ってすぐに、初老の男性が近づいてきた。たぶん、店主だろう。

失礼かなと思いつつ、僕は同意する。

「ある程度は種類ごとに分けられているようですが……少しそう感じます」

「だよな。整理したいと思っているんだが、迷宮品は何に使えるのかわからないものが多くてな～」

「ああ、なるほど。そういうことですか」

確かに、言われてみれば、一見何かわからないものが固まって置いてある。

僕の場合、わからないものがあればすぐに【鑑定】スキルに頼れるけど、普通はそうじゃないもんな～。なんて考えながら、正体不明のものを【鑑定】で見ていく。

あ、これ、バニラビーンズじゃないか！　これでバニラアイスが作れるし、カスタードクリームも改良できるぞ！

「基本的には食材や薬草なんかを買い取って置いているんだが、そこら辺にあるものは若い冒険者から買い取ったものなんだ」

「泣きつかれたのか。だが、応じてばかりいると、店が立ち行かなくなるぞ」

「その辺はきっちり見極めているさ」

ケヴィンさんは店主の話を聞いて納得したような表情をし、忠告している。

「泣きつかれた？」

「タクミ、何を不思議そうな顔をしているんだ？」

「いや……ちょっとよくわからなくて」

「あのな、新人の冒険者なんて知識もないし目利きも甘いから、拾えそうなものは手あたり次第全部持ち帰ってくるんだ。それこそ価値がないものもな。経験を積めば、価値があってなおかつ嵩張《かさば》らないものだけを持ち帰るようになるんだが、その見極めができないうちは、そんなものを売って生活しないといけないんだよ」

ああ、そういうことか。

普通は、戦えるだけの余力を残して、自分達が担げる荷物しか持たないもんな。新人ならマジックバッグだって持っていないだろうし。

それで、ハズレばかり持ち帰ってきた場合、あまりにも稼《かせ》ぎがなくて、少しでもお金が欲しくてお店の人に泣きつくってことか。

いや〜、それを考えると《無限収納《インベントリ》》って偉大だな〜。

「そうか、タクミはその辺のことは関係ないのか」

「ありがたいことにその通りですね」

ケヴィンさんは僕が《無限収納《インベントリ》》を使えることを知っているので、そんな苦労した新人時代がないのを察してくれた。あ、僕的には、自分はまだ新人だと思っているんだけどね。

そんな僕達の会話を聞いて、店主が尋ねてくる。

「お、兄ちゃん達も冒険者か？」

「僕とこの子達は冒険者ですね。彼は違いますけど」

「ぼうけんしゃー」」

「えぇ、このちっこい子達もかい⁉　若いのに苦労しているんだな」

「？」

どうやらこの店主は、〝若い冒険者＝苦労している〟と認識しているようだ。ただでさえ若く見える僕が、さらに小さな子供を二人も連れていると　なれば、相当な苦労をしていると考えたのだろう。

まあ、いつも若い冒険者達に泣きつかれているのであれば、そう勘違いしても仕方がないか～。

「僕は運よくそこまで苦労していませんよ。ということで、とりあえず、これは買います。いくらですか？」

僕は用途が不明な品が集まった場所から、バニラビーンズが十数本入っている瓶を確保しておく。

「兄ちゃん、これが何かわかるのか？」

「たぶん、香料系のものだと思うんですよね」

「香料？　俺には枯れかけの黒い枝にしか見えないぞ」

「僕の知っているものと同じかどうかはわかりませんけど……枯れかけの枝にしか見えないものを良く買い取りましたね」

「その日の飯代にも困っていたんだよ」

「……」

この店主は本当に良い人なのだろう。

「何にせよ、買ってくれるっていうならありがたい。ん～……50Gでどうだ？」

「わかりました。えっと、全部で何本あるかな？　二十本くらいかな？」

「ちょっと待て。全部で50Gだぞ？」

「え？　一本の値段じゃないんですか？」

まさかの瓶の中身全部の値段だった。二束三文《にそくさんもん》で買い取ったものだったとしても、安過ぎないだろうか？

「利益は出るようにしてくださいよ」

「大丈夫だ」

あんなに安い値段でも利益出るんだな。

これを売った冒険者は、どれだけ切羽詰まっていたんだろうか？

「「おにーちゃん」」

「ん？　どうした？」

「「これ、かっていい？」」

会ったこともない若い冒険者を不憫《ふびん》に思っていると、用途不明な品を漁っていた子供達が、柔らかそうな赤い野球ボール状のものを持ってきた。

何かわからなかったので【鑑定】してみると、クラゲの死骸《しがい》だった。

「……それが何かわかっているのかい？」

「「ううん、わかんなーい」」

子供達は、あっさりと首を横に振る。

「でも、ふにふにー」

「きもちいいよー」

「あ、本当だ」

試しに触らせてもらえば、子供達の言う通り、とても気持ち良い感触だった。特に害もないので了承すると、二人は嬉しそうにする。

「買ってもいいけど、間違っても食べるなよ」

「「はーい」」

お気に召したのか、二人はふにふにとクラゲの死骸を握って遊んでいた。

「そういえば、ここのお店にあるものはどこの迷宮のものなんですか？」

ふと思い出し、すぐに尋ねてみる。

「大体が、この王都の南東にある『鉱石の迷宮』ってところのものだ」

「こうせき、ね」

えっと、『鉱石の迷宮』だな。あそこは土属性の迷宮だったよな？

「「めいきゅう、いきたーい！」」

迷宮と聞いて、子供達が即座に騒ぎ出す。

「お仕事があるから無理だよ」

「「えぇ～、どうしてもー？」」

「どうしても、だね。だから、迷宮はまた今度ね」

「「ざんねん」」

今日は素直に諦めてくれた。仕事で来ているということをちゃんと理解しているからかな？　それとも、今はこの用途が不明な品で宝探しをしているからかな？

どちらにしても、宥めて説得する苦労をしないで済んで良かった。

「じゃあ、良いものがもっとないか探すか」

「「はーい」」

というわけで、引き続き子供達と一緒に漁ると――

「おにーちゃん、これ、ねっことちょっとちがーう」

「根っこ？　あ、それ、ゴボウが混ざっている。野菜。しかも、新鮮っぽい。エレナ、凄い」

「わーい」

エレナがゴボウを見つけた。本物の木の根と一緒に束ねられていたのだが、違和感があったようで首を傾げていたのだ。

木の根だと思って買い取ったのかな？　店主は本当に何でも買い取ってあげているんだな～。

「おにーちゃん、これはー」

「お、クレヨンじゃん。アレン、良いの見つけたな～」

「やったー」

今度はアレンがクレヨンを見つけた。

店主が几帳面《きちょうめん》な性格だからか、よくわからない品でも似たようなものは種類ごとに集められている。アレンが見つけたクレヨンも、いろんな色のものがひと瓶に纏《まと》めてあった。

「これ、なににつかうー？」

「おじさん、これ買うんで使わせてもらいますね」

「構わないぞ」

瓶の中から赤いものを取り出し、さらに《無限収納《インベントリ》》から紙を出して、紙に太陽みたいなものを描いてみる。

「こういう風に絵を描く道具だよ」

「「おぉー！　ほしい！」」

「もちろん買うから、部屋に戻ったらお絵描きしようか」

「「うん！」」

子供達は早速、クレヨンを使いたそうにしていたので、ちょっとだけ試し描きさせてみる。

「ほぉ～、それはそうやって使えば良かったのか。絵といえば顔料を使うしかないと思い込んでいたな。だが、これなら子供でも使えそうだな」

そうか、クレヨンや色鉛筆《いろえんぴつ》、水彩絵の具って、この世界にはなかったんだな。道理で見かけないわけだ。

顔料って油で練るのが面倒だと聞くし、原料によっては宝石を使うから高価なんだよな？　それに比べたら、クレヨンはとてもお手軽だ。

というか、若い冒険者でも持って帰れる場所で見つかるんだったら、これからクレヨンの需要が高まれば、若い冒険者が稼ぎやすくなるかな？

「おじさん、このお店で扱っているものは基本的に食材や薬草って言っていましたけれど、これにちゃんと値段をつけて売買できませんかね？　そうすれば、若い冒険者が助かると思うんですけど……」

「……」

僕の提案に店主は眉間《みけん》に皺《しわ》を寄せ、難しい顔をして黙り込んでしまった。

「あ……品が違い過ぎて駄目ですよね……」

「いや、そういうことじゃない。俺としては兄ちゃんの提案を受け入れたいんだが、これは商業ギルドに話を持ち込んだほうがいいんじゃないか？」

「商業ギルドに？」

僕が首を傾げると、ケヴィンさんが頷いた。

「タクミ、俺もそのほうが良いと思うぞ。その……クレヨン？　っていうやつは俺も見たことないからな。絶対に商業ギルドがいい」

「そのほうが冒険者のためになるんですね？」

「ああ、欲する人間を増やせば、自《おの》ずと価値が上がるからな」

なるほど、需要を先に増やしたほうが、買い取ってくれる店も増えるし、買い取り価格も上がるのか。そして、そのためには広い範囲に伝手のある商業ギルドのほうが適していると。

確かにそのほうが、僕が購入したい時に購入できるようになるな。

「えっと、理解はしたんですけれど……お手数ですが、商業ギルドへはおじさんが行ってくれませんか？」

「駄目だな」

来たばかりの、それも数日しかいる予定のない土地の商業ギルドに行くのは敷居が高い。なので、店主のおじさんに丸投げできるならそうしたい。したいんだが、断られた。

しかも、ケヴィンさんも店主に同意する。

「あ～、今回の場合はタクミが行かないと駄目なんじゃないかな」

「えぇ～」

「えぇ～……って。迷宮で新しいものを見つけた場合は、それに応じた報奨金が出るし、用途不明だったものの使い道を見出しても報奨金は出たはずだぞ？」

ケヴィンさんは呆れたような表情でこちらを見てくる。

「そうなんですか？」

「そうなんだよ。というか、タクミは既に受け取ったことがあるんじゃないか？」

「え？　ないですよ？」

「……『巨獣の迷宮』で見つけた酒。あれで報奨金が出ているだろう？　あれは新酒に間違いなかっただろうしな」

「えぇ⁉」

「申請……してないのか？」

「していません！　というか、そういう制度があるっていうことを今認識しましたからね！」

うん、知らなかったから、やりようがなかった。シルに刷り込まれた知識にもなかったしな！

「いや！　タクミが申請していなくても、タクミの周りの人達は見逃さない。絶対に代わりに誰かが申請しているはずだ！」

「……え？」

それは否定できない……かな？

「あっ！」

僕は慌てて《無限収納《インベントリ》》から一枚の紙を取り出す。ガディア国の王都の商業ギルドに預り金を受け取りに行った時に渡されたものだ。それに詳細が書かれていたよな！

確かあの時は、金額があまりにも大きいことに驚き、さらにゼリーやマヨネーズなども羅列《られつ》してあったことに衝撃を受け、最後まで見てなかったような気がする。

「……ああ～」

なので、もう一度確認したところ……紙の最後に『その他（報奨金）』という文字があった。レイ酒だけじゃなくブランデーの発見もそうだし、スライムゼリーの用途発見、バブルアーケロンの泡まで羅列《られつ》してあった。

誰が申請したんだろう？　やっぱり、セドリックさんとマティアスさんかな？

僕の表情を見て察したのか、ケヴィンさんは納得したような顔になった。

「タクミの周りの人達に抜かりはなかったわけだな」

「はい」

ケヴィンさんの言う通り、僕の知り合いはしっかりした人達ばかりだったようだ。さすがだな。

「……でも、やっぱりお願いできませんか？」

「申請のことを知って、それでも言っているのか？」

「報奨金はお手数をお掛けする手間賃ってことでお願いします」

「割が合わん」

店主のおじさんには、にべもなく断られてしまった。

報奨金って言っても、それほどの金額が出るわけじゃないのかな？

この詳細の紙にはそこそこの金額が表示されているが、もしかしたら内訳は新発見のものに寄っていて、用途発見については少額だったのかもしれない。

「じゃあ、僕が上乗せしますから」

「『はぁ？』」

登録の手間賃が少ないのであれば、僕が報酬を上乗せすればいい。そう単純に思ったのだが……言った途端、ケヴィンさんとおじさんが呆れたような声を出した。

「タクミ、あのな～……俺は逆だと思うぞ」

「逆？」

「ああ、店主は多過ぎると言いたかったんじゃないか？」

「その通りだ」

「え？　そうなんですか？」

あ～、逆だったんだな。なるほど、ケヴィンさんとおじさんが呆れた声を出したのはそれでか。

「じゃあ、おじさんが今まで若い冒険者を救っていたのを、僕が冒険者を代表してお返しするという形でお願いします」

おじさんはまだ何か言いたそうにしていたが、僕が譲らないのを見て、結局納得してもらえた……かなり無理矢理だったけど。

と、そこでアレンとエレナが声を掛けてくる。

「「おにーちゃん、おにーちゃん」」

「どうしたんだ？」

「「これもかってー」」

僕達が話している間、子供達はマイペースにいろいろと漁り、選別していたようだ。

「おぉ～、たくさん見つけたな～」

「「がんばったー！」」

アレンとエレナは、えっへんと胸を張る。

「これは蔦《つた》か？　あ、乾燥させれば薬に使えるのか。こっちの木の皮もそうだな。あとは……」

子供達は見事に使えそうなものばかりを選別していた。

「よく使えそうなものわかったな～」

二人は【鑑定】が使えないのにな～。

「「なんとなくー？」」

「勘か？」

「「うん、かん！」」

直感だけで選び抜くなんて離れ業《わざ》は、この二人にしかできないだろうな～。

「「あとね～」」

「これと～」

「これね～」

ぱっと見では何かわからなかったので【鑑定】で調べてみると、香辛料と薬草の類《たぐい》であった。二人の勘は本当に凄かった。

◇ ◇ ◇

存分に買いものを堪能した翌日、いよいよ即席スープの契約を交わすことになった。

「レイン様、お待たせして申し訳ありません」

「我々も今来たところですので大丈夫ですよ」

僕はオースティン様と一緒に指定された談話室を訪れた。

クレタ国の代表は忙しいメイナード様ではなく、レイン様だと聞かされていたんだけど……。

「ん？」

出迎えてくれたレイン様を見て、僕はもの凄く違和感を覚えた。

「「あれ～？」」

アレンとエレナも首を傾げている。

「タクミ、どうしたんですか？」

僕と子供達が変な反応を見せたので、オースティン様が不思議そうに見てくる。

「えっと……レイン様じゃない方が契約書にサインしても、契約に問題は起こらないのでしょうか？」

驚くことに、この場にいるのは第二王子のレイン様ではなかったのだ。

こっそり【鑑定】で確認した情報によれば、彼の弟である第三王子のクラウド様だった……それも、双子の弟らしい。レイン様って双子だったんだな！

あ、レイン様じゃなくても彼も王子だから、契約的には問題ないのかな？

「「「「はぁ⁉」」」」

部屋の中にいた全員――オースティン様にガディア国の護衛、文官、それにクレタ国の人達も驚きの声を上げる。

慌てた様子で、オースティン様が問いかけてくる。

「タクミ、どういうことですか？」

「そちらにいらっしゃるのはレイン様ではありません。僕は初めてお会いする方ですね」

「「「「えっ⁉」」」」

今度はガディア国の人達だけが声を上げ、第二王子だと騙《かた》るクラウド様を凝視《ぎょうし》する。

その反面、クレタ国の人達は顔を青ざめて冷や汗をかいていた。

「もしかして、クラウド殿か？」

オースティン様がはっとして、相手の正体を言い当てる。

さすがに相手の家族構成は把握していたのだろう。

「確かに私とクラウドは双子でよく間違われますが、私はレインですよ」

クラウド様が自分のことを第二王子だと言い張るので、オースティン様が再び僕を見る。

「タクミ、間違いないですか？」

「もちろん、違う方です」

「……どういうことでしょうか、クラウド殿。うちのタクミはこの手の冗談は決して言いません」

オースティン様は僕の言い分のほうを信じてくれるらしい。

「……まさか見破るとは思いませんでした」

もう誤魔化せないと思ったのか、クラウド様は観念したようだ。

「オースティン殿、タクミ殿、騙《だま》すようなことをして申し訳ありませんでした」

そんな言葉と共に、談話室の中にあった棚が動き、そこからレイン様が入ってきた。今度こそ本物のレイン様だ。

レイン様は開口一番に謝罪の言葉を口にする。

てか、戸棚が動くって……そこ隠し扉だよね？　いいのかな？　僕達がいる時にその棚を動かしちゃってさ〜。

「「おおー！」」

「あ、アレン、エレナ、駄目だよ」

動くと思わなかった棚が動いたことに子供達はとても興味を示し、近づこうとするので慌てて止める。

そして、僕が内心で考えていたことを見抜いたのか、レイン様が苦笑する。

「大丈夫ですよ。これは隠し扉の類《たぐい》ではありませんから」

「え？」

「以前、酔った父が壁を壊してしまったので、何かに使えるかと思い可動式の棚を設置しただけなんです。繋《つな》がっているのは隣室ですよ」

「……」

……えっと、どこから突っ込めばいいんだろうか？

メイナード様が酔っ払って壁をぶち抜いたことか？　それともレイン様が面白半分で棚を置いたこと？　あとは……ただの続き部屋のような感覚でいることにかな？

いや、誰も突っ込まないってことは、気にしたら駄目なのか？

「しかし、タクミはよくわかりましたね。私は全然気づけませんでした」

ああ、うん。オースティン様が話を先に進めたってことは、スルー推奨だね。

「オースティン様、僕の弟妹が双子なのをお忘れですか？」

僕は視線で、未だに動いた棚を見に行きたくてうずうずしているアレンとエレナを示す。

「男女と見た目こそはっきりと違いますが、動きに関してはシンクロしているんじゃないかと思うほど、同じ行動をするのですよ」

「ああ、確かに……見間違えることはありませんが、この子達はびっくりするほど同じ動きをしていますよね。特に会話などは神がかっていますし……」

オースティン様の言う通り、アレンとエレナは同時に同じことを喋ることが多い。同時でない時もあるが、二人で言いたいことを成立させる話し方をする。

「「うにゅ？」」

部屋にいる人達の視線がアレンとエレナに向くと、二人は不思議そうに首を傾げる。

うん、ぴったりだ。

「この子達に比べればレイン様達はわかりやすいですよ」

レイン様とクラウド様は、顔こそそっくりだが、わざとそっくりに見せようとしている感じが随所に出ていた。ちょっとした表情、手の動きや瞬きとか……癖のようなものがな。

じっくり観察しなくとも、【鑑定】スキルを使えば一発で判別はつくんだけどね。まあ、それは言わないけど。

「アレン、エレナ、自分達以外の双子に初めて会ったんだから、そろそろ棚じゃなくてそっちに興味を示そうよ」

「「ふたごー？」」

「そう。レイン様とクラウド様だよ。似ているだろう？」

アレンとエレナは僕に言われて、そこで初めてレイン様とクラウド様の顔を交互に見る。

「「おぉー！　おなじー！」」

今、気がついたとばかりに、アレンとエレナが驚きの声を上げる。

棚にばかり目がいっていて、レイン様とクラウド様の顔は全然見ていなかったんだな。

「なるほど、自然にこのような行動を取る弟妹がいるタクミ殿の目は誤魔化せませんか」

「私達もまだまだということだな」

アレンとエレナの言動を見て、レイン様とクラウド様は〝参った〟とばかりに肩を竦《すく》めた。


「大変失礼しました。改めまして、クレタ国第三王子のクラウドです」

「悪ふざけをして申し訳ありませんでした」

「いえいえ、なかなか興味深い余興でしたよ」

やっと席に着いたところで、クラウド様とレイン様はもう一度謝罪してくる。

オースティン様は気を悪くした様子もなく、二人の謝罪を受け入れた。

えっと、駆け引きのことはよくわからないが、一応、公の場でのことなので、問題にしたら大事《おおごと》になるから余興だったということにするのかな？

「寛容なお心に感謝します。実を申しますと、この度のことは父が言い出したことでして……」

「メイナード様がですか？」

ほっとした様子のレイン様から、驚きの事実が明かされる。

メイナード様……息子達に何をやらせているんですか!!　一つ間違ったら国際問題になっちゃうんじゃないですか!?

「ええ、即席スープの契約書を三種類用意して」

「三種類ですか？　そうですね～、私達がレイン殿じゃないと気づいた場合と気づかなかった場合の二つはわかるのですが……」

「もう一つはその間ですね。違和感を抱きつつも、そのまま指摘しなかった場合のものですね」

「ああ、なるほど」

オースティン様はすぐにレイン様の言うことを理解して予測を口にするが……理解するのが早くない？　僕は急展開過ぎて全然ついていけないんだけど。

でもまあ、オースティン様が理解しているなら悪いことにはならないだろうから、任せておけばいいか～。

「オースティン殿、レイン。タクミ殿を置いてけぼりにしていますよ」

話についていけない僕のために、クラウド様が二人を止めてくれる。

見学モードに入ろうと思ったが駄目だったので、僕は放棄しようとしていた思考を元に戻すことにした。

そして、慌ててオースティン様とレイン様が謝罪してくる。

「すみません、タクミ」

「申し訳ありません、タクミ殿」

「いえいえ、気にしていませんから、謝罪は結構ですよ」

王子様が揃って謝罪って、僕のほうが居たたまれない。本当に止めて欲しい。

「それでですね、タクミ。クレタ国側は私達……というよりタクミのことを試したのですが、それは理解していますか？」

「え、そうだったんですか？　オースティン様も含めたガディア国側ではなくて、ですか？」

オースティン様とかも驚いていたから、レイン様とクラウド様が入れ替わっているのは知らなかったはずだよな？

「具体的には何があるとは知りませんでしたが、メイナード陛下からそれとなく聞かされていたのです」

メイナード様って豪胆《ごうたん》な人なのかな～って思っていたが、しっかりと根回ししてから事に及んでいたんだな。まあ、一国を統《す》べる者としては、当然のことなのかな？

「改めて説明しますと、父が用意した契約書は、私達のことに気がついた場合、タクミ殿が条件を追加でつけられるもの。違和感を覚えたのみで止まった場合は、先日お話しした内容のものを。そして、まったく気がつかなかった場合は、こちらが少し条件をつけようと目論《もくろ》んでいたわけです」

「へぇ～、そうだったんですか」

改めて、レイン様が詳しく説明してくれたが、わりと簡単な話だった。

メイナード様は僕のことを試し、その結果次第で契約の内容の変更を交渉するつもりだったようだ。

「……それだけですか？」

説明されて僕が納得した様子を見せると、逆にレイン様が不可解そうな顔をした。

「それだけって、何ですか？」

「そうですね、試されていたことを不快に思うとか、私達が呑ませようとしていた条件を気にする……とかですかね」

どうやら、レイン様は僕が淡々としているのが引っ掛かったようだ。

でも、僕としては本当に思うところがないので、こういう反応しかできない。

「ん〜……特にないで——あ、驚きはしましたよ」

レイン様が双子だったのには驚いたし、備え付けの棚が動いたことにも驚いたし、今回の企《たくら》みがメイナード様主導だったことにも驚いた。

うん、間違いなく〝驚いた〟一択だな。

「「おどろいた〜」」

アレンとエレナも同意見のようだ。二人は棚のことが一番だと思うけどな〜。

「「たな、すごかったー」」

「「え？　た、棚？」」

やっぱりな。子供達が僕の思った通りの発言をし、レイン様とクラウド様を同時に唖然とさせる。

それにしても、レイン様とクラウド様も結構息ぴったりだな。

「「ちかくでみたーい。いい？」」

「「……ええ」」

「「いい？」」

「ええ、いいですよ」

アレンとエレナは未だに唖然としているレイン様とクラウド様にしっかりと言質《げんち》を取って、今度はオースティン様に許可を求める。それも了承されると、ニコニコしながら僕のほうを向く。

問題になりそうなところを潰してから僕を見るとは……なかなか抜かりがない。

「……ちょっとだけね。部屋からは出て行っちゃ駄目だよ」

「「わかったー！　いってくる！」」

子供達は椅子から飛び降りると動く棚に向かって行き、棚を動かしてみたり隣の部屋を覗き込んだりしている。

「ずっと気になっている様子でしたが、とうとう我慢できなくなったって感じですね」

「ええ、そうですね。忙《せわ》しなくてすみません」

「いえいえ、子供達がずっとじっとしているのは辛いでしょうからね。——では、子供達が戻ってくる前に話を終わらせてしまいましょうか」

子供達を微笑ましそうに見ていたオースティン様は、表情を一変させてレイン様とクラウド様を見る。

「この度のメイナード陛下の余興にタクミが気づいたわけですから、契約はタクミが条件をつけられるということで間違いないですね？」

「ええ、大丈夫です」

「というわけです。タクミ、何かつけたい条件はありますか？」

「えぇ⁉」

突然言われても思いつくはずがない。

「……全然思いつかないので、選択肢をください」

「そうですね〜。タクミへの金利を上げるのは——」

「遠慮します」

「ですよね」

お金はあっても困らないと言うが、もう使い切れないほど持っているので、これ以上は遠慮したい。贅沢《ぜいたく》な悩みだと思うが、今の僕なら大金を稼ぐことは簡単にできる。

なので、オースティン様が提案した瞬間にお断りした。するとオースティン様は、僕がそう答えるのをわかっていたとばかりに頷く。

「それでは、伝手はいかがですか？」

「伝手……ですか？」

「何か欲しいもの、探しているものがあれば……ですけれど、情報を貰うことも可能ですね」

「なるほど……」

欲しいものか。えっと、何かあったかな～。

「思いつかないようですね。――レイン殿、どうでしょう。ここは一つ、貸しということで、タクミに何か困ったことが発生し、助けを求めてきた場合、手を貸す。ということにできないでしょうか？」

悩む僕を見て、オースティン様がレイン様に向き直って提案する。

「絶対に助けられるとは言えませんが、相談に乗り、できる限り手を貸す。ということでしたら、構いませんよ」

「タクミ、いかがですか？」

「は、はい。それでお願いします」

王家に貸しを作る、というのは大事《おおごと》な気がするが、何かあった時の駆け込み寺はあるに越したことはない。

というわけで、契約自体は先日話し合った内容で無事に済ませた。

「「おにーちゃん！」」

契約が終わったタイミングで、やっと満足した子供達が機嫌よく戻ってきた。

「お帰り。どうだった？」

「「おもしろかった！　ほしい！」」

「いやいやいや、何を？」

「「うごくたな？」」

何故、疑問形。

それに、動く棚の棚だけを持っていても、ただの棚でしかない。

「動く棚を持っていても、置いておく場所がないだろう？」

「「そっか～。ざんねん」」

おや、今回もあっさり引き下がったな。

もともとそんなに我儘を言う子達ではないが、最近はとても聞き分けがよくて助かるな～。

「じゃあ、見せてもらったお礼を言おうか」

「「うん。――ありがとう」」

僕の言うことに従い、アレンとエレナはレイン様とクラウド様に向かってぺこりと頭を下げる。

そしてすぐにこちらに向き直ると、満面の笑みを浮かべた。

「「おにーちゃん、おやつほしい！」」

「……」

うちの子達は我儘ではないが、マイペースというか……何だろう。我が道を行く？

「タクミ、私も欲しいです」

子供達の言葉に、オースティン様も便乗してくる。

「アレン、エレナ、今日のお勧めは何ですか？」

「「えっとね～、かきごおり？」」

「かきごおり、ですか？　それはどんなものですか？」

「「えっとねー、ゆきみたいで～」」

「つめたくて～」

「あまいの～」

既におやつタイムが確定したようなやりとりである。まあ、いいけどさ～。

諦めた僕を、オースティン様がジト目で見つめてくる。

「タクミ、新しい甘味ですよね？　どうして教えてくれなかったのですか？　手紙には書かれていませんでしたよ？」

「いやいやいや、かき氷はガディアの王都にいた時に作っていますから、手紙には書きませんよ？というか、王都を発った後に作ったとしても、手紙には書かない内容でしょう!?」

「いえ、そこは報告していただかないと困ります。母上のご機嫌取りに使えるのですから」

「えぇ!?」

トリスタン様が王妃のグレイス様に弱いのは何となく見てわかっていたが、オースティン様も弱いのか？

ということは、グレイス様が最強ってことだな。

「そもそも、ガディアの王都ではもう売られているんじゃないですかね？」

フィジー商会のステファンさんと魔道具屋のソルお爺《じい》さんが張り切っていたことだし、暑くなりきる前には販売開始していそうだ。

「そうなのですか？」

「はい、フィジー商会が張り切っていましたからね」

「そうだったんですね。帰ったらすぐに確認してみます。ですが、今はタクミにお願いしたいですね」

「「かきごおり～」」

オースティン様の言葉に、アレンとエレナも頷く。

レイン様とクラウド様もかき氷が気になるようで、おやつタイムが確定し、僕はみんなの分のかき氷を作ることになった。

「「おいしぃ～」」

「これは美味しいですね～」

「『これは!!』」

ふわっふわに削った氷にマルゴの実のシロップをかけ、さらに角切りにしたマルゴの実をゴロゴロと載せたものを提供すると、みんな美味しそうに食べだした。

特にレイン様とクラウド様は、目を真ん丸にしている。

「氷を削って、果実のシロップですか。使用しているものはそれほど珍しいものではないですし、何故今まで作らなかったのかが不思議なくらい美味しいものですね」

「そうだな。それに、これからの暑い季節にぴったりだと思わないか？　これは早急にタクミ殿が使っていた魔道具を手に入れなければ！」

「フィジー商会と言っていましたね。すぐに問い合わせましょう」

「フィジー商会はうちにはないだろう？　ガディア国に人を遣《や》ったほうが早いんじゃないか？」

「それもそうですね。では、そうしましょう」

「だな。あとは、料理長に果実でシロップを作っておくように言っておかなくてはいけないな」

「各種用意させましょう」

二人は相当気に入ってくれたらしく、今後自分達が食べられるようにするためにいろいろと相談していた。

そんな二人に、オースティン様が微笑みかける。

「ふふっ、魔道具のほうは私が手配しますよ。私も手に入れる予定ですから、こちらにも送ります。——タクミ、フィジー商会で手に入るんですよね？」

「はい、フィジー商会が懇意にしている魔道具職人さんが作っていますので、そちらに連絡していただければ大丈夫だと思います」

僕が頷くと、レイン様が力強くオースティン様を見つめる。

「オースティン殿、よろしくお願いします」

「ええ、任せてください」

オースティン様も魔道具を手に入れる気満々なんだね。

目途《めど》が立ったところで、レイン様とクラウド様が顔を見合わせる。

「このような良いものを紹介してくれたタクミ殿に、何かお礼をしなくてはなりませんね」

「そうだな～。あいつらを見せるのはどうだ？」

「ああ、あの子達ですか？　ですが、それがお礼になりますでしょうか？」

「聞けばいいだろう？　——なあ、タクミ殿。君と子供達は飛竜に懐かれていると聞いたが、生きものは好きか？」

子供達のおやつのついでなのでお礼は必要ないんだがな～……というか、何だかクラウド様の印象が変わった？

「「あれ～？　はなしかた、かわったー？」」

確かに、レイン様の話し方は変わっていないが、クラウド様の僕達への話し方が少し崩れているな。

「あ、申し訳ありません。気をつけているんですが、気が緩むとどうしても普段使いのものが出てしまって」

子供達の指摘に、クラウド様が慌てて言葉遣いを正す。

なるほど、素が出ていたってことか。

「僕達は普段通りの言葉遣いで構わないですよ。あ、でも、オースティン様が一緒だから駄目ですかね？」

「いいえ、私も構いませんよ。契約は終わりましたしね」

公式のことは終わり、あとは私的な交流となるので、オースティン様も快く了承してくれる。

「オースティン殿、タクミ殿、ありがとうございます」

「あ、僕の名前は呼び捨てにしてくださると嬉しいです」

「そうか？　じゃあ、遠慮なくタクミと呼ばせてもらう。俺はレインと違って窮屈《きゅうくつ》なのは苦手でな。本当に助かる」

へぇ〜。ということは、レイン様とクラウド様の性格ってわりと違ったりするのかな？

「僕も敬語とかはあまり得意じゃないんで、見逃してくれると大変助かります」

「ははっ、了解だ」

「ありがとうございます。ああ、それでクラウド様、生きものが好きかって、どういう意味ですか？　まあ、僕は嫌いじゃないですし、子供達は……」

「「すき～」」

「だ、そうです」

クラウド様とは一気に話しやすくなったところで、話を元に戻す。

「好きなら、我が国のとっておきを見せようかと思ってな」

「とっておき……ですか？」

「そうだ。ガディア国でいう飛竜のような存在なんだが、興味はあるか？」

クラウド様ははっきりと教えてはくれないが、飛竜と並ぶ存在ならば、かなり凄いものじゃないか？　きっと高ランクの魔物だと思うんだが……何だろう？

「それはとても気になりますね」

「「みたーい！」」

子供達は既にわくわくとした表情をしている。

「そうか。それなら、時間があるなら今から見に行くか？」

「「いくー！」」

「えっと、僕達の時間は大丈夫？　あれ、仕事中だから駄目……かな？」

子供達は元気に答えるが、一応オースティン様の許可は取ったほうがいいのかな？

そう思ってオースティン様を見ると、頷いてくれた。

「構いませんよ」

「「やったー！」」

「でも、タクミ達だけで行かせるのは不安なので、ケヴィンを連れて行ってくださいね。――ケヴィン、ここはいいですから、タクミ達をお願いします」

「承知しました」

許可は下りたけど、ケヴィンさんというお目付け役が付いた。

名目上は護衛として来ている僕に、同じく護衛として来ている騎士が付けられるって……おかしくないかな？

あれ？　昨日の外出にケヴィンさんが一緒に来たのは、実はお目付け役だったとか……そんなことはないよね？

というか――

「不安って何ですか？」

「タクミの行動というよりは、結果ですかね。私達は客としてお邪魔している立場ですから、こちらのご迷惑にならないように、釣り上げ過ぎないようにしてくださいね」

オースティン様に問うと、とんでもないことを言われた。

「いやいやいや、つ、釣り？　何を釣るんですか⁉」

「もちろん、これから見せてもらうものをですよ。会う飛竜を漏れなく釣り上げているという前科があるのですから、大量に釣り上げる可能性しか想像できません」

見せてもらえるものが人に飼われている魔物なら、確かに懐かれる可能性はある。あるんだけど……僕達は決して釣り上げているわけじゃない！

「僕達がどうこうできる事柄じゃないので、諦めてもらったほうがいいかと……」

飛竜達のことも懐かれようとして懐かれたわけではない。自分の意思でどうこうできるものじゃないことだけは確かだ。

「ええ、わかっていますよ。ですので、ケヴィンを付けるのです。どの程度のことが起こったのか、第三者から見た報告が必要ですからね」

そんなやりとりを見て、クラウド様が面白そうな表情になる。

「何だかよくわからないが、タクミ達は俺の想像以上に魔物を誑《たぶら》かすということだな？」

「ええ、そういう認識で問題ないかと思います。クラウド殿、心の準備はしておいて損はないです」

「そうか、わかった。ご忠告感謝する」

これは……逆に思いっきり期待に応えたほうがいいんだろうか？

「「ねぇ、ねぇ、はやくみたーい！」」

「ああ、わかった。じゃあ、行くか。――レイン、俺がタクミ達を案内してくるから、こっちは頼むな」

「ええ、わかりました。クラウド、許可されているとはいえ、あまり失礼のないようにお願いしますよ」

「わかっているよ」

許可？　一体どういうことだろうか……とは思いつつ、オースティン様に声を掛ける。

「じゃあ、オースティン様、行ってきますね」

「「いってきまーす」」

「はい、いってらっしゃい」

僕達はクラウド様、ケヴィンさんと一緒に談話室を後にした。

第四章　双子王子と交流しよう。

クラウド様が案内してくれたのは、獣舎のような場所だった。

クラウド様は辺りを見回すと、とある方向を指差す。

「ちょうど、獣舎の外に出しているようだ。あそこにいるのが見えるか？」

「「どこー？」」

「ほら、あそこだ」

「「あ、いたー」」

「あれは……」

クラウド様が指したのは獣舎の奥に広がる広場。

そしてそこには、獅子《しし》のような体躯《たいく》に鷲《わし》のような頭と翼を持つ魔物がいた。あれは……Sランクのグリフォンだ。

クラウド様が〝とっておき〟と言うだけあって、凄いのがいたよ！

「「おぉー！」」

さすがにいきなり近距離は無理だが、そこそこ近いところまで行くと、かなりの迫力を感じる。

「なかなか大きいな～」

「「うん、おおきい～」」

大きさはジュール、フィートよりも少し大きくて、ベクトルよりは小さいくらいかな。

「日向《ひなた》ぼっこでもしているのかな？」

「「きもちよさそー」」

「そうだな～」

本日は天気がとても良いからか、グリフォン達は広場に寝そべり、太陽の光をしっかりと浴びている。

「どうだ？」

「「すごーい」」

「だろう！　もう少しだったら近づいて大丈夫だぞ」

「「いいの？」」

「ああ。だが、それ以上は駄目だと言ったら止まるんだぞ」

「「うん！」」

クラウド様の言葉に甘えて、僕達はゆっくりとグリフォン達との距離を詰める。

「そちらでお止まりください」

ある程度近づいたところで、ガディア国で言うところの竜騎士の立場にあたる、獣騎士《じゅうきし》の青年に声を掛けられた。どうやら、これ以上近づいてはいけないようだ。

「『もうだめー？』」

「はい、これ以上はグリフォン達が威嚇してくるでしょう」

獣騎士のお兄さんが言う通り、グリフォン達は僕達が近づいてきたことに気づいて、地面につけていた頭を上げてこちらを注目している。

すると、アレンとエレナもじっとグリフォン達を見つめ返す。

「……タクミ、子供達は何をしているんだ？」

数分間、そのまま黙ってグリフォン達を見つめ続ける子供達の様子を不思議に思ったのか、クラウド様が僕に声を掛けてくる。

「えっと……挨拶ですかね？」

「挨拶？　グリフォン相手にか？」

「ええ。でも、睨《にら》めっこのほうが説としては有力ですかね？」

「どちらにしても、グリフォンとやることじゃないよな？」

「まあ、うちの子達は普通じゃないんで」

「……そうか」

クラウド様はそれ以上何も言わなくなり、子供達の様子を観察し始めた。

危険なことをしているわけではないので、とりあえずは好きにさせてくれるようだ。

「……グルッ」

しばらくすると、突然一番近くにいたグリフォンが小さく鳴きながら頭を下げる。

「「かったー！」」

どうやら本当に睨めっこの勝負になっていたのか、アレンとエレナは両手を挙げて喜んだ。

「あ〜……」

「なっ⁉」

しかも、子供達は喜んだ瞬間、グリフォンに向かって走って行ってしまったので、僕は思わず声を零してしまう。

クラウド様も驚きの声を上げている。

「ちょっ！　あぶ、危ない！」

獣騎士のお兄さんが顔を真っ青にして狼狽《うろた》える。

しかし、アレンとエレナはあっさりと、グリフォンに抱き着いた。

「「おぉ〜、ふかふか〜」」

こちらの気持ちなどお構いなしで、子供達はもの凄く気持ち良さそうに、グリフォンの羽毛に顔を擦りつけている。

「こら、アレン、エレナ！　勝手な行動をしちゃ駄目だって言われていただろう！」

「「だって〜」」

「だってじゃないぞ～」

「「あぅ～……ごめんなさい」」

僕はじゃれている子供達とグリフォンに近づき、形だけでも子供達に注意をしておく。

だって、獣騎士のお兄さんが可哀相なくらい青ざめているからな。まあ、王子が案内してきた人間が怪我《けが》なんかしちゃったら、大問題になるもんな～。

「グルルッ」

すると、大人しく子供達にモフられていたグリフォンが立ち上がって僕の傍に寄ってきて、僕の身体に頭を擦りつけてきた。

可愛らしい仕草で、飼い犬のようである。

「あれ……意外と人懐っこい？」

「「いやいやいや！　絶対に違う！」」

しかし、僕の呟きをクラウド様と獣騎士のお兄さんが、即座に否定する。

「普段から世話をしている者でも、そこまで甘えた仕草をしているのは見たことがないからな！」

どうやら、人懐っこい種族ってわけじゃないらしい。

飛竜に続いてグリフォンまでとなると、やはり僕達が懐かれ体質なのだろう。

飛竜とグリフォンか～。あれ？　もしかして、両方とも風属性の魔物だから、風神の眷属である僕に懐く……とかか？

いや、でもそれじゃあ、アレンとエレナに懐くのはおかしいか？　二人は水神の系譜《けいふ》だしな。ということは、属性は関係ないのか？　ん〜、結局、理由は不明のままだな。

「タ、タクミ」

「はい。――あれ？」

クラウド様の声で意識を呼び戻されたところで、方々に散っていたグリフォンが僕達の周りに集まっているのに気がついた。

「『グルルッ』」

「『わぁ！』」

そのうちの二匹が、それぞれアレンとエレナを背に乗せ、突然羽ばたき、上空へ昇って行ってしまった。

「えぇ!?」

「『わーい！』」

それには僕もかなり驚き、声を上げてしまう。

……子供達は喜んでいるようだが。

「えっと……これって誘拐《ゆうかい》ですかね？」

あ、でも、大きく円を描くように飛んでいるので連れ去りではないのか？

僕はそれを見てすぐに落ち着いたが、予想外の出来事にクラウド様は申し訳ないくらい狼狽《うろた》えている。

「グリフォンが誘拐⁉　こ、これはどうしたら‼」

「クラウド様、大丈夫っぽいです」

「え？」

僕の答えに、きょとんとするクラウド様。

「遠くに行く様子はないですし、ただ遊んでいるだけみたいです」

「だ、だが……もし、落ちたりしたらどうするんだ？」

「あ～、それは大丈夫だと思います。まあ、もし万が一落ちたとしても、僕が受け止めますから問題ないですよ」

「それでもな……」

アレンとエレナがグリフォンから落ちるなんて想像できない。もし、落ちたとしても軽く着地しそうだし、それが無理でも僕が受け止めることは可能だ。

だが、クラウド様は納得できない様子である。

「アレンー、エレナー。クラウド様が心配しているから戻っておいでー」

「「えぇ～」」

とりあえず、クラウド様を安心させるために子供達に戻ってくるように言うが、二人は嫌がる。

ん～、子供達の興味を引きそうなのは……ご飯かな？　ご飯で誘ってみれば戻ってくるかな？

「今、戻ってきたら、晩ご飯は何でも好きなものを用意するぞ～」

「「ほんとう？　じゃあ、もどるー」」

返答が早い。二人は順調に食いしん坊になっているな～。

「「いくよ～」」

しかし何を思ったのか、アレンとエレナはグリフォンの背に立つと、躊躇《ためら》いなく飛び降りた。

「ちょっと！」

僕は慌てて風魔法を使い、子供達を受け止める。

何かあった時は受け止めるつもりではいたが、さすがに自分達から飛び降りるとは思わなかった。

「いきなりは駄目だよ」

「「おにーちゃんなら、だいじょーぶ！」」

アレンとエレナは、僕がちゃんと受け止めてくれると確信していて飛び降りたようだ。

信頼してくれるのは嬉しいが、やはり心の準備は欲しい。僕のためというよりは、周りの人達のためにね。

「大丈夫でも、今度からはひと言声を掛けてからにして」

「「は～い」」

次回があっても困るが、一応注意しておいた。

「「……グルッ」」

アレンとエレナに続いて、子供達を連れ去ったグリフォン達が、拗ねたような表情で地に舞い降りてきた。

「グルッ！」

すると、僕の横に寄り添っていた一番大きなグリフォンが、二匹を叱りつけるように鳴く。叱られた二匹は項垂《うなだ》れるように頭を下げる。

もしかして、このグリフォン達のトップだったりするのだろうか？

何となくそのグリフォンの首筋を撫でると、甘えるようにすり寄ってくる。その姿には威厳などないので……考え違いかな？

「タクミ、そろそろこちらの対応もしたほうがいいぞ」

あくまで付き添い……という立場を維持してここまでずっと黙っていたケヴィンさんが、さすがに黙っていられなかったのか僕を視線で誘導して忠告してくる。その視線の先には――

「……あの高さから平気で飛び降りるとか……おかしいだろう？」

「で、殿下、あの方々は何者ですかっ!?」

大混乱しているっぽいクラウド様と、獣騎士のお兄さんがいた。

しかも、二人だけでなく、遠巻きにしていた他の獣騎士やグリフォンの世話係っぽい人達も呆然《ぼうぜん》としている。

そんな彼らを見て、ケヴィンさんが苦笑する。

「殿下の予想が的中だな。釣り上げられるだけ釣り上げたって感じだよな～」

「まったく意図していませんけどね」

「まあ、それがタクミってことだろう？　それよりも、どうやってこの場を収めるんだ？」

「えっと……ケヴィンさん、どうしたらいいですかね？」

「タクミ、頑張れ！」

……応援だけで手伝ってはくれないようだ。

とりあえず、クラウド様達に正気に戻ってもらおうか。

「……アレン、エレナ、ちょっとクラウド様に突撃してくれないか？　マティアスさん達にやるみたいにさ」

「「わかったー」」

「……え？」

さすがにやらないだろうと冗談で言ってみたが、子供達はクラウド様に向かって走って行った。

しかも、グリフォンのお供を連れて。

マティアスさんやレベッカさんなど身内認定の人や、ある程度仲良くなった人だったらよくやるけど、まさか会ったばかりのクラウド様に突撃するなんて思っていなかったが――

「「とりゃあ！」」

「うわっ！」

本当にクラウド様に向かって飛び込んでいき、クラウド様を押し倒していた。

……これは絶対にまずいよな？　どうしよう。

「「あれー？」」

いつもは受け止められているので、相手が倒れてしまってきょとんとしている二人。

「クラウド様、大丈夫ですか⁉」

僕は慌ててクラウド様のお腹の上に乗っているアレンとエレナを持ち上げ、クラウド様を起こす。

「怪我はないですか？」

「ああ、大丈夫だ」

「すみません。本当にすみません！」

「いや、気にするな。少し驚いただけだ」

「「ごめんなさーい」」

さすがに押し倒したのはまずかったと思ったのか、アレンとエレナは〝しょぼーん〟と落ち込んだ表情をする。

「大丈夫だって。だから、そんな顔をするな」

クラウド様は子供達の表情を見て、苦笑いをしながら二人の頭を撫でる。

「すまないな。この子達のような年頃の子とはあまり交流したことがなかったから、対応の仕方がわからなかった」

「……本当に申し訳ございません」

クラウド様を正気に戻せたが、僕が居たたまれない状況になってしまった。

「そうだな～。先ほど子供達と約束していた、タクミが作ったご飯を私にも食べさせてくれるのなら許そう」

「え？　ご飯ですか？」

良いことを思いついた、とばかりにクラウド様が提案してくる。

あんなに慌てた様子だったのに、しっかりと僕と子供達のやりとりは把握しているんだな～。

「ああ、そうだ。グリフォンと楽しく遊んでいた子供達があっさりと態度を翻したってことは、タクミの料理が美味《うま》いということだろう？」

「『すっごくおいしいの♪』」

「そうか。かき氷も美味《うま》かったしな。楽しみにしている！」

満面の笑みの子供達を見て、クラウド様は期待するようにそう言った。

まあ、ご飯くらいで先ほどの不敬を帳消しにしてくれるのなら安いものだからいいんだけど、過剰な期待は止めてほしい。

「僕は構わないですけど……そうしたら、どうするかな？　僕、二人の分は部屋でこっそり作ろうとしていたんで」

「こっそりやろうとしていたのか？」

「あ、部屋に臭いを残すなんてことは、決してしないつもりでしたよ！」

苦情が出るような料理はしないが、やはり借りている部屋で料理しようとしていたのはまずかったかな？

まあ、クラウド様は怒っている様子はないので大丈夫かな？

「臭いについては気にしなくていいが、厨房には私が連絡するから堂々と作ってくれ」

「ありがとうございます。じゃあ、クラウド様は何が食べたいんですか？」

「それは子供達の要望が優先だろう？」

「それとは別に食べたいものを作りますよ？」

「正直、何を指定すればいいのかがわからないから、子供達に任せるよ」

まあ、僕が作れる料理を知らないんだから、リクエストしようにもできないか。

肉料理とか魚料理とか、大まかなリクエストならできそうだが、それもないのかな？

「それじゃあ、アレンとエレナは何が食べたいんだ？」

「「プリン！」」

「……うん、それはおやつ、もしくはデザートだな。ご飯な、ご飯」

「「フレンチトースト！」」

「あ～、確かにフレンチトーストはご飯で食べることもあるけど、それは朝ご飯がいいかな？　だから、晩ご飯に向いているものでもうひと声」

僕達だけならフレンチトーストでも駄目ではないが、クラウド様も食べるのだから、さすがにそれは止めておきたい。

「「……たべたことないの！」」

「…………そうきたか～」

しばらく考え込んだアレンとエレナが導き出した答えは、僕の予想の斜め上だった。

「了解。頑張るよ」

「「やったー！」」

予想外ではあったが、晩ご飯を作る時間までもう少し時間はあるので考えてみよう。

「タクミ、できればでいいんだが、レインの分もお願いできないか？」

「はい、構いませんよ」

「そうか、良かった。俺一人だけ美味《うま》いものを食べたなんて知られたら恨まれるからな。頼むよ」

結構子供っぽい一面もあるんだな～。とりあえず、レイン様の分も追加っと。

あとはケヴィンさんも、口には出さないが視線で訴えてきているので追加だな。あとは、そうだな――

「オースティン様も誘ったほうがいいですかね？」

「あ～、むしろ、許可を貰う必要があったか？　俺から話をしておくよ」

「お願いします」

予定が入ってしまったのでグリフォン達との戯れは終了することになり、僕達は別れを嫌がるグリフォン達を宥めてから城に戻ることにした。

◇　◇　◇

クラウド様と共にオースティン様のところに戻った僕達は、無事に食事会の許可を貰った。

というわけで、早速料理を作るために厨房に案内してもらったのだが、アレンとエレナは部屋にお留守番させてきた。お絵描き道具とケヴィンさん付きで。

「さて、何から作るかな？」

この厨房は先代の王妃様――レイン様とクラウド様のおばあ様に当たる人が使っていた場所らしい。何でも、先代の王妃様はただの宿屋の娘だったらしく、時々この厨房を使ってこっそりと料理をしていたんだとか。

食堂の厨房の端っこを借りるんだろうな～と思っていた僕としては、個人用のスペースを借りられたのは、嬉しい誤算であった。

だって、厨房だと仕事中の料理人達の邪魔をするだろうし、経験上、厄介なことになりそうだしな。

さて、肝心の料理だけど――

「子供が喜びそうなメニューと言えば……あれかな？」

まずは《無限収納》《インベントリ》からミンサーとアーマーバッファローの肉を取り出し、挽肉《ひきにく》を作る。続いて、タシ葱をみじん切りにして炒め、粗熱《あらねつ》を取る。

挽肉に炒めたタシ葱、パン粉、牛乳、卵、塩コショウを入れて捏《こ》ねる。

そう、今作っているのは、子供達が大好きなハンバーグだ。

ハンバーグは前にも作ったことがあるので、これで完成というわけではなく、これから作るものには必要な料理なのだ！

「次は……」

捏ねたハンバーグのタネは少し寝かせ、形を作って焼いていく。

「プリンを食べたがっていたから、デザートはプリンにして。白麦も炊いておかないと！」

《無限収納》《インベントリ》があるから、料理が冷める心配はない。ということで、順番など気にしないでどんどんと作業を進めていく。

「さて、ここからが本番だ」

僕は細波の迷宮で手に入れた大ぶりのエビを取り出すと、尻尾を残して殻を剥き、小麦粉、卵、パン粉を順番につけて揚げていく。

次はご飯。細かくして炒めた野菜と混ぜて、バターライスにする。それを焼いた卵で包む。

「あとは盛りつけだな」

僕が作ったのはハンバーグ、オムライス、エビフライ。子供が好きそうな定番メニューを揃えてみた。

あとはこれらをひと皿に盛りつけ、ソースやケチャップ、タルタルソースを忘れずにかける。さらに別盛りのサラダ、キキビスープとプリンを用意する。

「これで良し！」

特製お子様ランチ……昼じゃないから、お子様プレート？　の完成だ！

子供達用のはミニサイズだが、大人用はかなりのボリュームになってしまったけどな。

できた料理を《無限収納《インベントリ》》に収めた僕は、部屋に子供達を迎えに行く。

「アレン、エレナ、お待たせ～」

「おにーちゃん！」

二人は僕が部屋に入っていくと、ベッドの上から飛び降りて駆け寄ってくる。

「良い子にしていたか？」

「うん」

「いいこに」

「してたよ」

抱き着いてくる二人の頭を撫でる。

「どうだ、絵は描けたか？」

「うん、みてみてー」

「いっぱいかいたのー」

アレンとエレナは急いでベッドの上に戻り、絵を描いた紙を持ってくる。

「どれどれ」

二人が差し出してきた紙を受け取って見てみると、二人がそれぞれ描いたものは趣《おもむき》こそ違うが題材は同じだった。

アレンにエレナ、それに僕。あとはジュール、フィート、ボルト、ベクトル、マイルが描かれている。

「みんなのことを描いたんだな～」

「「うん！」」

アレンのほうは、大きなベクトルの上にみんながそれぞれ乗ったり、抱き着いたりしている。そしてエレナのほうは、僕と子供達が小さくなったジュール達を抱いている。

こうやって見たら、けっこう性格というか、個性が出るんだな。

「どっちも上手いな！」

「「えへへ～」」

お世辞《せじ》ではない。二人の絵はしっかりと特徴を捉えて描かれているので、普通に上手い。

「クレヨンは二人にあげるから、時間がある時にもっといっぱい描きな」

「「うん！」」

二人をたくさん褒めた僕は、次に子供達の面倒を見ていてくれたケヴィンさんに目を向ける。

「ケヴィンさん、ありがとうございました」

「二人は大人しくお絵描きしていたから、俺は部屋でのんびりしていただけさ」

「いえいえ、それでもです」

アレンとエレナは言うことを聞いて、部屋で大人しくしていてくれるとわかっていても、誰か大人が傍にいてくれるだけで、安心度は桁違いなのだ。なので、しっかりとお礼を言っておく。

「じゃあ、オースティン様やクラウド様達が待っていると思うので行ってきますね」

「おう、行って来い」

「アレン、エレナ、お腹が空いただろう？　ご飯に行こうか」

「「うん！　たのしみ！」」

僕は子供達を部屋の外に誘導しつつ、《無限収納《インベントリ》》から余分に作った料理を取り出し、子供達に見えないように部屋に備え付けられているテーブルに置く。

ケヴィンさんはさすがに同席して食事を摂れないので、ここで食べることになっているのだ。

「これ、ケヴィンさんの分です」

「お、悪いな」

僕の意図を察して、ケヴィンさんは子供達に気づかれないようにお礼を言ってくれた。

「おにーちゃん」

「はやくー」

「はいはーい」

部屋から出た二人は、早く行こうと急かしてくる。

「『どこにいくー？』」

「今日のお昼に話し合いをした部屋だよ」

「『うごくたなー？』」

「そう。動く棚があった部屋だよ」

「『じゃあ、あっちー』」

子供達は部屋がどこにあるのかしっかり把握しているらしく、迷いなく進んでいく。

「『あそこだー』」

目的の部屋が見えてくると、その部屋の扉の前には護衛の騎士が立っていた。しかも、ガディア国とクレタ国の両方の騎士が。

ということは、既に王子達は部屋の中にいるってことだ。

「すみません。お待たせしました！」

部屋には、予想通り三人の王子達が揃っていた。

一応、約束していた時間には間に合うように来たんだが、僕達が最後とは……。

「タクミ、まだ約束の時間より前ですから、大丈夫ですよ」

「そうです。私達が早く集まり過ぎただけですからね」

オースティン様とレイン様は柔らかい表情で微笑む。

クラウド様だけはおもむろに立ち上がり、子供達に向けて両手を広げた。

「よし、来い！」

「「っ！　とりゃあ！」」

クラウド様の行動の意図に気づいたアレンとエレナは、待ち構えるクラウド様目掛けて飛び込んでいった。

「おっと！」

クラウド様は、今度はしっかりと子供達を受け止めた。

「おっ、できたできた」

「「できたー」」

クラウド様がアレンとエレナを抱き上げたまま嬉しそうな表情をすると、二人も楽しそうに笑う。

「タクミ、あれは一体どういうことですか？」

クラウド様と子供達の突然の行動を見たオースティン様とレイン様は驚いた表情をし、オースティン様が僕に答えを求めてくる。

「えっとですね、グリフォンを見に行った時もあれと同じことをしたんですが、その時はアレンとエレナがクラウド様を押し倒してしまって……。なので、再挑戦ですかね？」

「ふっ……」

僕の説明を聞いて、レイン様が笑いを零し、オースティン様は苦笑いをする。

「ク、クラウド、子供達に押し倒されたのですか？」

「見事に押し倒されたな」

「それは見てみたかったですね」

「二度目はない。次はレインに譲るよ」

「いえ、ぜひ、クラウドがお願いします」

……二度目があったら僕が困る。

「アレン、エレナ、本当なら王子様相手に失礼なことをしたら怒られちゃうんだぞ」

「「そうなの？」」

クラウド様からアレンとエレナを受け取り、子供達にもうやらないように注意しておく。

……初めは僕がやらせたことなのでとても注意しづらいけれど、絶対に言っておいたほうがいいだろう。

「そうなんだ。だから、次はやらないようにな」

「「えぇ～」」

「クラウドさま」

「こいっていったよー？」

「そうなんだけど……」

僕の言葉にアレンとエレナは不服そうな顔をする。

そうなんだよ。一回目は僕、二回目はクラウド様本人が促したんだよな～。そうなると、アレンとエレナからしたら何で注意されたか意味がわからないよな～。

「タクミ殿、問題ありません。――アレンくん、エレナさん、ぜひとも次はクラウドを押し倒すつもりで頑張ってください」

「「わかったー」」

どうやって納得させようかと悩んでいると、レイン様から駄目押しの許可が出てしまい、僕はそれ以上何も言えなくなってしまった。

まあ、僕が気にしているのは不敬罪になるのでは……ってことだから、王族が許可してくれるならいいか～。それに、そもそも今後、クラウド様に突撃できる機会もそんなにないだろうしな。

「俺は絶対に押し倒されないぞ」

「「がんばる」」

クラウド様の〝絶対〟という言葉に、アレンとエレナがやる気を見せる。

「本当に頼もしいですね」

「レイン様もクラウド様も、うちの子達を煽《あお》らないでくださいよ」

「楽しそうでいいではありませんか」

「……オースティン様まで」

レイン様は完全に楽しむ気でいるし、オースティン様も愉快そうにしている。

「我々がこちらに滞在する日数はそれほどありませんから、子供達のチャンスも少ないでしょう。ですから、いいのではないですか？」

オースティン様……もしかして、開き直っているのかな？

王子三人の公認になったんだから、残り少ないクレタ国滞在期間中に、アレンとエレナが人前でクラウド様を押し倒しちゃったとしても、僕は責任を取らないぞ！

そんなことを考えていたら、アレンとエレナが不思議そうに尋ねてきた。

「「おにーちゃん、ごはんはー？」」

「……今、用意するよ」

二人のことを話していたんだけどね。まあ、その辺の駆け引きはよくわからないか～。

「皆さんの食事もここでいいんですか？」

「ええ、お願いします。――タクミはそちらに。アレンとエレナはタクミの隣でいいですね」

「「うん」」

僕はオースティン様が勧めてくれた席に座り、《無限収納《インベントリ》》から食事を取り出す。

「「おぉ～～～」」

「見たことのない料理ばかりですね！」

「凄いですね」

「どれも美味《うま》そうだ」

アレンとエレナはもちろん、オースティン様、レイン様、クラウド様の反応は良さそうである。

「冷めないうちにどうぞ」

「「いただきまーす！」」

アレンとエレナが我先にとばかりに食べ始めるのに続いて、王子達も手をつける。

「「んん～～～」」

「どうだ？　食べたことのない料理。合格を貰えるかな？」

アレンとエレナは口をもぐもぐさせながら、首を縦にブンブンと振る。

表情を見れば一目瞭然《いちもくりょうぜん》だが、どうやら無事に合格を貰えたようだ。

「タクミ、とても美味しいです」

「本当に美味しいです」

「凄いな。これ、全部タクミが作ったのか？」

「「おにーちゃん、すごいの！」」

オースティン様はもちろん、レイン様とクラウド様の口にも合ったようだ。

「タクミ殿、ぜひ城の料理人として働きませんか？」

「お、それはいいな。タクミ、好待遇を用意するぞ！」

「すみません、料理はあくまでも趣味で、仕事にする気はないんです」

僕は気紛《きまぐ》れで食べたいものを作るのが好きなだけだからな。あとはうちの子達を喜ばせるためだ。

僕の答えに、レイン様が肩を落とす。

「そうですか、それは残念です」

「しかし、これがもう食べられないのは辛いな。タクミ、うちの料理人に作り方の指導……いや、それをするには時間が足りないか。レシピを売ってもらうことは可能か？」

「そうですね。私もレシピは持ち帰りたいですね」

よほど気に入ってくれたのだろう。クラウド様の言葉に、オースティン様も便乗した。

「ははっ。じゃあ、帰る日までに作り方を紙にまとめておきますよ」

「ありがとうございます。対価は後ほど決めましょう」

「そうですね。今はこの食事を堪能しましょう」

しかし、レシピは販売じゃなくて、金銭の発生しない譲渡じゃ駄目なのだろうか？　僕はそのほうがいいんだが、この人達は駄目って言いそうだな〜。

「おにーちゃん、これなーに？　エビの」

「それはエビフライだな」

「おにーちゃん、こっちはー？　ごはんの」

「そっちはオムライスだね」

「エビフライ、おいしいー！」

「オムライス、おいしいー！」

「気に入ったかい？」

「「うん、またつくってね！」」

「了解」

しっかりと名前を覚えたようなので、そのうちまたリクエストされるだろう。

「エビフライとオムライスですか。では、こちらの肉料理は何ですかね？」

「「ハンバーグ！」」

「ハンバーグって言うのか。じゃあ、このスープは？」

「「キキビ！」」

「「「キキビッ⁉」」」

あ、キキビって家畜の餌だった！　というか、白麦もだ！

白麦について、オースティン様は知っているんだったか？　アレンとエレナの誕生日パーティに来ていなかったからキキビは知らないよな？

もちろん、レイン様とクラウド様はどっちも食べられるものだって知らないから……これは完全にやらかしたか？

「す、すみません。キキビの他に白麦も使っています」

とりあえず、正直に謝っておこう！

「白麦？　そのようなものは見当たらないですよ？」

不思議そうにするレイン様に、オースティン様が答えてくれる。

「オムライスの卵の中身がそうですよね、タクミ」

「はい、そうです」

「へぇ～、これがあの白麦なのか」

「こんなに美味しいものだったんですね」

クラウド様もレイン様も、気を悪くした様子はない。

この世界の王族って、本当に懐が深いな。三人とも普通に受け入れちゃったよ～。

「このキキビスープも即席スープにしたいですね」

「それはいいですね」

「キキビは安く手に入りますから、いいかもしれませんね」

しかも、王子達は気にしないどころか、キキビスープを即席スープにしようと算段していた。

そういえば、僕もまだキキビのスープは即席スープにしていなかったな。今度、作ろう。

「キビっていくつか種類があったよな？　あれらもスープにできるんじゃないか？」

「そういえば、そうですね。――タクミ殿、どうなんですか？」

「シロキビ、アカキビ、クロキビ……どれを使っても趣の違うスープは作れますけど、個人的には一番スープに向いているのがキキビだと思います」

それぞれキキビと比べると、シロキビは濃厚クリーミー、アカキビは酸味が強く、クロキビはかなり甘い。それなら、普通のキキビがいいだろう。

「タクミがそう言うなら間違いないですね」

「そうですね」

「そうだな」

「……ずいぶんあっさり受け入れますね」

王子三人が本当にあっさり受け入れちゃうので、逆に驚きだ。

「このような美味しいものを作るタクミ殿の舌を疑う必要はありませんからね」

「そうだぞ、タクミ。あ〜、でも、一度だけでも他のキビスープも食べてみたいな」

「そうですね。タクミ殿からレシピを譲っていただいたら、料理人に作ってもらいましょうか」

「そうだな」

「好みもありますしね。意外と好きな味があるかもしれませんよ」

そう楽しそうに相談するレイン様とクラウド様。

確かに、ちょっと違う味が好きだっていう人もいるはずだ。

そんなことを話している間に、アレンとエレナはすっかりご飯を平らげてしまっていた。

「「ごちそーさま」」

「お腹いっぱいになりました？」

「「うん、なったー」」

オースティン様に尋ねられ、アレンとエレナはお腹をポンポンと軽く叩き、満腹なことをアピールする。

「たくさん食べましたね～」

「「うん、たべた！　オースティンさまもおなか、ぼよーんぼよーん？」」

「ぼよーんぼよーん!?」

「「くっ」」

アレンとエレナの言い方にオースティン様は目を見開き、自分のお腹をまじまじと見た。

レイン様とクラウド様は顔を背けて笑っている。

オースティン様の体型はすらりとしているから、間違っても〝ぼよん〟とは表現しないだろう。

というか、似たようなやりとりをアルフィード様――アル様ともした覚えがあるな～。

えっと、あれは……〝太っ腹〟を〝太い腹〟と言ったんだっけ。お腹関係の間違いをする相手が兄弟だなんて、偶然って凄いな。

「アレン、エレナ、オースティン様のお腹は〝ぼよーんぼよーん〟じゃないだろう？」

「「ちがーう？　じゃあ、ぽよんぽよん？」」

〝ぼよん〟も〝ぽよん〟も似たような感じだけど、それも違うよな？　二人が言いたいのは……。

「あ～、お腹がぱんぱん……かな？」

「「おぉ～、ぱんぱんだ！」」

子供達は〝それだ〟と言わんばかりに、ポンと手を叩いた。

些細ではあるが、とても嫌な間違いである。

「さて、アレンとエレナはお腹がいっぱいのようだけど、プリンは入らないかな？」

「「プリン!?　たべる、たべる!!」」

プリンがあると知って、子供達の目が輝く。

「プリンって、子供達が食べたいって言っていた甘味だったか？　俺達の分もあるのか？」

クラウド様も反応が早い。甘いものが好きだったりするのかな？

というか、老若男女問わず、今のところ甘いものが嫌いと言う人に出会ったことがない気がする。

「自分から話題に出して、『ない』なんて言いませんよ」

僕は《無限収納《インベントリ》》からプリンを取り出して、テーブルに並べていく。

手に入れたばかりのバニラビーンズを使って作ったバニラアイスとフルーツも一緒に盛り込んで、ミニプリンパフェ風にしてみた。

「「おぉ～」」

今までプリンは単品でしか食べたことがなかったので、子供達はわくわくした表情になる。

「これはまた凄い品ですね。これがプリンですか」

レイン様が、興味深げにしみじみと眺める。

「プリンはね～」

「これ～」

「この茶色のソースがかかった黄色いものがプリンなのですね」

「「うん」」

アレンとエレナは、早速プリンを食べながら、レイン様にどれがプリンかを教える。

「「それでね～」」

「こっちが」

「アイスクリーム」

続いて、スプーンでアイスを掬《すく》い、レイン様とクラウド様にその名前を教える。

「こちらがアイスクリームというものなのですね」

「「うん！　ん？　あれ～？」」

アイスをぱくりと食べ、二人は首を傾げる。

「ちょっとちがーう」

「くろいつぶつぶはいってるー」

子供達はミルクアイスじゃないと見破った。

「よくわかったな。それはバニラアイスだよ」

「「バニラー？」」

「そうだよ。昨日、お店で見つけたやつを使ったんだよ」

「「でも、おなじー」」

「そうだな。ミルクアイスにバニラの香りをつけただけだから、ミルクアイスとそんなに変わらないかな」

アレンとエレナは首を傾げている。たぶん、よくわからなかったんだろう。

まあ、ミルクアイスとバニラアイスは、材料はほぼ同じなんだよね～。敢《あ》えて言うなら、香りがあるかないかぐらいだから、わからなくても仕方がない。

クラウド様は、スプーンでアイスを掬うと、まじまじと見つめる。

「バニラ？　聞いたことないが……お、美味《うま》いな。これはうちの国で見つけたものなのか？」

「はい、近くの迷宮のものらしいですね。食材というよりは、香りづけに使うものです」

「確かに、嗅いだことのない香りがするな」

「こういう匂いの香水、女性が好きそうですよね～」

「っ!!」

あまり詳しくないが、女性用の香水でバニラの香りってあったよな～と思いつつ口に出すと、レイン様とクラウド様がはっとした表情になった。

「そのバニラビーンズというものがクレタ国の迷宮でしか見つからないものだったら、特産品になるんじゃないか？」

「調査しているわけではないのでわからないですけど、仮に他国にあったとしても、私達も知らなかったものです。まったく利用されていないのではないですか？」

「それは大いにあるな」

「一度調べてみる必要がありますね」

「じゃあ、そっちは俺がやろう。レインは即席スープの件で忙しくなるだろう？」

「そうですね。では、クラウド、お願いします」

レイン様とクラウド様はバニラの香水を作って売り出すつもりなのかな？

じゃあ、もの凄く安かったバニラビーンズの値段がそのうち上がってくるのかな？　僕としては値段が上がってもいいから、どこでも手に入るようになるといいな〜。

それはそうと、話が盛り上がるのはいいのだが――

「レイン様、クラウド様、話もいいですけど、アイスが溶けますから先に食べたほうがいいですよ」

そう、アイスが溶けてしまう。

レイン様とクラウド様が話している間、子供達とオースティン様なんて黙々と食べている。

「そうですね」

「悪い。タクミ」

僕の忠告に、レイン様とクラウド様はプリンパフェを食べ進めるのを優先する。

プリンパフェを食べ終わってからは、改めてみんなでゆったりと談笑した。

「それにしても、レイン様もクラウド様も若いのに本格的に仕事をしているんですね。二人は学生……じゃないんですか？」

僕がそう尋ねると、オースティン様が答えてくれる。

「お二人はうちの弟と同い年でしたよね」

「えっと……フィリクス様ですか？　それとも、アル様？」

「アルフィードです。ですから、卒業したばかりですね」

「はい、そうです」

この世界の学校は、どの国も共通で十歳から十八歳までの最長八年だったはず。じゃあ、レイン様とクラウド様は十八歳、もしくは十九歳になったところか？

というか、十八、九歳って高校を卒業したばかりの年なんだよな。それを考えれば、しっかりしているよな～。

僕なんて、大学に通いつつ遊んで歩いていた……かな？　まあ、アルバイトくらいはしていたけど、二人のしているような〝仕事〟って感じではないのは確かだ。

「父がその……奔放《ほんぽう》な性格ですから、しっかりしなくてはならなかったというか……」

「……ああ」

……メイナード様の性格に苦労してきたんだな。

「そういえば、お兄さんがいるんですよね？」

レイン様が第二で、クラウド様が第三王子なのだから、第一王子がいるはずだよな？

「兄は、その……父にそっくりなのです」

「端的に言ってしまえば、冒険者として放浪していて、今は留守だな」

「……」

長男は完全に父親似か！　そして、冒険者をしているのか。

そりゃあ、レイン様とクラウド様がしっかりするはずだよ！

「僕達、気づかないうちに会っている可能性もあるんですね」

「そうかもしれませんね。どうも国内では活動していないようなので、ガディア国にいる可能性は大いにあります」

実はもう冒険者ギルドですれ違っている、という可能性もあるんだな。まあ、さすがにまだ会ってはいないと思うけどな。

「タクミ、今後出会うことがあれば、帰ってくるように伝えてくれ！　むしろ、連れてきてくれ」

「ははは～。会ったら伝えておきます」

そんなに放浪しているだなんて、王様と同じ経歴だから問題ないかもしれないが、レイン様やクラウド様を『次期国王に』って言う人が出てくるんじゃないか？　ん？　いや、必ず長男が王太子になるってわけじゃないのかな？　……その件に関しては触れないでおこう。

そして、第一王子の名前はあえて聞かないことにしておこう！

「あ、タクミ、忘れないうちに言っておきますが、私達は四日後に帰国することになりました」

「四日後ですね。わかりました」

オースティン様が思い出したように伝えてくる。

それにしても、もう帰国するのか。何だか、あっという間だったな〜。

「明日から三日間、私はクレタ国との交流がありますので、タクミ達は自由に過ごしてください」

オースティン様は僕達に帰国までの丸三日、自由行動を許してくれた。

「でも、僕も一応護衛として来ているので、仕事があるのならちゃんとしますよ？」

クレタ国に来てからというもの、僕は仕事らしい仕事をしていないのだ。

本当にこれでいいのか？　という気がしたので、そのことを伝えると、オースティン様はゆっくりと首を横に振る。

「タクミには既に大仕事をしていただいたので、問題ありません。子供達とゆっくり観光でもして来てください」

「そうですか。オースティン様、ありがとうございます」

せっかくなのでオースティン様の言葉に甘えることにした。

閑話　シルの嘆《なげ》き

僕、シルフィリールは、思わず呟いた。

「た、巧さん、僕のこと忘れちゃってないかな？」

巧さんが新たな街を訪れたのに、神殿に来てくれないのだ。

「仕事での、それも短い期間の訪問のようですからね。タクミ殿も忙しいのでしょう」

そう言ったのは、僕の眷属長であるヴィント。主にして風神である僕に対して、冷た過ぎない？

「でもでも、今までは初めて行った街では必ず神殿に来てくれていたよ」

「以前も冒険者の依頼で他国に行かれましたが、その時も神殿は訪れていないはずでは？」

「……そうだったかな～？」

わかっている。わかっているけど……寂しいんだもん。

というか、ちょっとくらいは希望を持たせてくれたっていいじゃないか！

「シルフィリール様は、マリアノーラ様の要求をお伝えしたくてもできないのが歯痒《はがゆ》いのではないですか？」

「うっ」

ヴィントの言葉が図星で、僕は思わず顔を逸《そ》らす。

実は、巧さんが王都からケルムの街に移動する途中で、お汁粉《しるこ》というものを送ってくれたのだが、それがとても絶品で、僕は凄く気に入った。もちろん、創造神であるマリアノーラ様も大変気に入ったようなのだ。

で、巧さんからまた譲ってもらうようにお願いしてと言われていたのである。

それに、きな粉という粉末をまぶしたお餅《もち》と、ショーユを塗って海苔《のり》を巻いたお餅という、美味しそうなものまで作っていた。

それを見たマリアノーラ様が、「あれも美味しそうだったわね～。食べてみたいわ～」と言いつつ僕のほうをちらちら見てきてたから……一緒にお願いしてってことだったんだろう。

だけど僕ってば、巧さんがケルムの街の神殿に来てくれた時、水神ウィンデルのことを聞かれたことで慌ててしまって、会話の段取りを狂わせてしまったのだ。

何とか子供達の誕生日の贈りものや巧さんへの贈りもののことは完遂《かんすい》できた。だけど、そこで巧さんからマリアノーラ様が送ったミルクと卵について聞かれちゃったもんだから、話がずれまくってしまったんだよね。

あ、でも、その代わりにピザとミルクアイスを貰えたから、マリアノーラ様からのお咎《とが》めはなかった……とはいっても、催促の視線がなくなったわけじゃないんだよね～。

「そういえば、ノームードル様の使いの者が、大量の赤麦を運んできましたよ」

「わーお。でもまあ、ノームードルもお餅を気に入っていたからな～」

土神のノームードルも、お餅をかなり気に入っていた。

赤豆の使い道がまだまだあったことにも驚いていたし、さらに赤麦があんな風にモチモチとした状態になるなんて思ってもみなかったみたいだな。

それで、巧さんに材料を送ればきっとその意図を汲《く》み取って、またお餅を送ってくれるのではないか……ということだろう。

「チョコレートの時はそれで成功したからな～。でも、それをまたやっていいのかな？」

「良いのではないですか？　タクミ殿の手持ちに赤麦はそれほどなかったはずですからね」

「あ、そういえばそうだね。確か、巧さんは人から譲ってもらった分しか赤麦を持っていなかったもんね。まずは材料を送らないといけないよね」

うんうん、お餅を作ってもらうって言ったって、材料がなければ巧さんだって作れないもんな！

「じゃあ、早速巧さんに赤麦を送っちゃおう～」

第五章　迷宮へ行こう。鉱石編

　オースティン様から三日間の休みを貰ったので、僕達はクレタ国の王都から一番近い『鉱石の迷宮』に行くことにした。

「めいきゅう♪　めいきゅう♪」

　翌朝になってから子供達に迷宮に行くことを伝えると、二人は目に見えて喜び、うきうきとした様子で準備を始めた。

「休みを貰って行くところが迷宮とは、物好きだな～」

「ははは～」

　僕達の様子を見て、ケヴィンさんが呆れたような表情をする。

　まあ、それも仕方がないか。

　迷宮に行く冒険者は、稼ぐための者がほとんどだ。それ以外だと、迷宮で手に入る何かを求めたり、鍛錬のためだったり……とにかく迷宮は、目的を持って行く場所なのだ。

　その迷宮に、うきうきと遊びに行くような感覚の僕達は、ちょっと他の人とは違うだろう。それは自分でもわかっている。

「帰ってくるのは明後日か？」

「はい、明後日の遅くならないうちには帰って来る予定です」

「そうか。まあ、タクミ達なら大丈夫だと思うが、気をつけて行って来いよ」

「はい」

「「いってきまーす！」」

二泊分は帰ってこないことをしっかりとケヴィンさんには伝えておき、僕達は早速迷宮へと向かうために部屋を出た。

「「あっ」」

部屋を出て城の外に向かおうと歩いていると、ある廊下の曲がり角でアレンとエレナが突然声を出し、立ち止まった。

「どうした？」

「「おにーちゃん、しぃ〜」」

「ん？」

「ちょっと〜」

「さがって〜」

「……ああ、わかった」

そして、僕に後ろに下がるように言うと、曲がり角から進もうとしていた先を覗き込む。

「で、何があったんだ？」

「レインさまと」

「クラウドさま」

「「はっけーん」」

僕も覗いてみれば子供達の言う通り、曲がり角の先にはレイン様とクラウド様が、三人の青年と話し合いをしているところだった。

「何で隠れたんだ？」

「「おしたおす！」」

「……クラウド様をか？」

「「うん！」」

アレンとエレナは先日、レイン様が冗談（？）で言っていたことを実現しようとしているようだ。

「難しくないかい？」

「「ん～？」」

クラウド様はちょうどこちらに背を向けているので、気づかれる可能性は低いかもしれないが、クラウド様の向かいにはレイン様がいる。そして、クラウド様の両脇に青年が二人。レイン様の横にも一人立っている。

書類か何かを覗き込んでいるため、五人はかなり密集している。

「「あっ。――しぃ～」」

子供達を諦めさせようとしたタイミングで、レイン様が僕達に気がついた。

その瞬間、アレンとエレンが人差し指を口に当ててレイン様に合図を送る。

レイン様は一瞬目を見開いたが、すぐに子供達の意図を察したのか、小さく頷く。

そして、誘導するかのように青年達の立ち位置を絶妙に変えるではないか。

「……協力してくれるみたいだな」

「「やったー」」

最後に、レイン様は自分の立ち位置を変える。

「「いってくる～」」

絶好の位置取りになった瞬間、アレンとエレナが嬉々として走っていった。

「「とりゃー！」」

「うわっ！」

そして見事に、クラウド様を押し倒した。

「「たおしたー！」」

「ふふっ、お見事です」

アレンとエレナがクラウド様の背に座り、両手を挙げて喜ぶ姿を見て、レイン様はくすくす笑う。

「な、何だ!?」

「ク、クラウド様⁉」

「……子供？」

突然の出来事に青年達は驚いている。

「なっ！　アレンとエレナか！」

周りの声を聞いて、うつ伏せのままのクラウド様が今の状況を把握したようだ。

「ほら、アレン、エレナ、そろそろ降りなさい」

「「はーい」」

「クラウド様、大丈夫ですか？」

「ああ、大丈夫だ」

子供達に降りるように促してから、クラウド様に怪我の有無を確認する。

廊下は絨毯《じゅうたん》張りだし、クラウド様は咄嗟《とっさ》に手をついていたので大丈夫だと思うけど一応な。

「クラウド、二度目はありましたね」

「……油断した」

レイン様に愉快そうに揶揄《やゆ》されて、クラウド様は立ち上がりながら悔しそうな表情をする。

「お、おまえら！　殿下に何という無礼を‼」

そして、やっと我に返った青年の一人が、アレンとエレナに対して怒鳴《どな》り始めた。

「「ひゃっ！」」

アレンとエレナは突然の怒声に驚き、僕の後ろに隠れる。

レイン様とクラウド様が問題にしなくても、こういう問題は出てくるよな～。

「ヒース、待て」

「クラウド様、子供だからといって見逃すことはできません！」

初めに怒鳴り声を上げた青年――ヒースさんに続き、もう一人の青年もアレンとエレナのことを睨みつける。

「レスターも落ち着け」

クラウド様が止めてくれるが、ヒースさんとレスターさんの態度は変わらない。

「ヒース、レスター、クラウド様が押し倒される前の状況をよく思い出してみてください」

王子達が問題にしなくても少々まずい状況かな～と思っていると、三人目の青年が落ち着いた様子で話し出す。

「セオドア、今は関係ないだろう？」

「そうだ」

「いいえ、大事なことですから言っています。いいですか、あの時、絶妙なタイミングでレイン様が私達の立ち位置を動かしていたんですよ。ということは、レイン様が黙認、いいえ、共犯していたということになります」

「その通りです」

三人目の青年――セオドアさんの言葉にレイン様が肯定しながら頷いた。

セオドアさんという人は、とても状況把握能力が高い人のようだ。

「「えっ？・」」

一方で他の二人、ヒースさんとレスターさんは、目をぱちくりさせている。

「俺が許していることだから、そう騒ぐな。レインなんて子供達に遠慮なく俺を押し倒せと煽っていたのだから、子供達は全面的に悪くない」

「「クラウド様っ⁉」」

クラウド様にもそう言われて、二人はますます驚いていた。

そんな二人に、レイン様、セオドアさん、クラウド様が順に畳みかけていく。

「そうですよ。今の子供達の行為を問題にするとなれば、私達の品位が疑われることになります」

「そもそも、子供達を責めるのであれば、クラウド様に子供達が飛びつくまで気づかなかった騎士であるあなた達のほうが問題ですよ」

「ああ、確かにそれは問題だな」

「「っ⁉」」

あ、あれ？　レイン様達が僕達のことを庇《かば》ってくれているのはありがたいんだが、真っ当な行動を取ったヒースさんとレスターさんが窮地《きゅうち》に陥《おちい》っている？

二人は騎士っぽい服装だし、きっと護衛役なのだろう。

でも、護衛対象の一人が立ち位置を誘導して、もう一人の護衛対象を嵌《は》めたのに、自分達が責められるって……理不尽じゃないか？

あ～、でも、僕達の密かに見ていたことに全く気づかなかったのは、護衛として駄目なのかな？

現にレイン様は僕達の視線に気づいたんだよな～。

まあ、二人の処遇について僕が考えても仕方がないな。それよりも今は――

「アレン、エレナ、怒ってないからタクミの後ろから出て来い」

クラウド様に呼び掛けられ、アレンとエレナは僕の後ろから顔だけ出す。

「「……」」

だが、首を横に振って出て来ようとはしない。

完全に怯えきっているこの二人をどうにかしないとな～。

そんな二人を見て、レイン様とセオドアさんが顔を見合わせる。

「おやおや、アレンくんとエレナさんはすっかり怯えてしまっているじゃありませんか」

「理不尽に怒鳴られてしまいましたからね。ところで、レイン様、あの子達は双子ですか？」

「ええ、ガディア国からの客人である彼、タクミ殿の、弟と妹ですね」

「ヒースとレスターは国の客人に対して、状況も確認せずに怒鳴りつけたのですか」

「おや、そういう問題も出てきますか。タクミ殿は最重要人物に当たりますからね」

僕っていつの間に最重要人物になっていたんだろう？　まあ、それはいい。

「アレン、エレナ、おいで」

「「……うにゅ～」」

アレンとエレナを抱き上げると、二人は僕の肩に顔を伏せ、首に両腕をがっちり巻きつかせてくる。

「タクミ、どうだ？」

「ん～、どうでしょう？　落ち着くまでに少し時間が掛かるかな？」

クラウド様が近づいてきて、子供達の頭を撫でながら尋ねてきたので、僕は首を傾げつつ答えた。

「アレン、エレナ、どうする？　お出かけは止めるか？」

「「やー！」」

「うっ。ア、アレン、エレナ……絞まっているから腕を弛《ゆる》めて」

アレンとエレナが僕の首をぎゅっと絞めながら否定の言葉を叫ぶ。

……迷宮に行くのは止めないってことだな。

「何だ、出かけるところだったのか？　あ、そういえば、休みを貰ったんだったな」

「はい、そうです。なので、迷宮に行ってみようと思ってるんです」

「そうだったのか。楽しみにしていたところに水を差してしまったようだな」

「いえいえ、許されているとはいえ、状況を考えないとこういうことになってしまうと、良い教訓になったと思います」

そういうことを考えていたから、止めなかったというのもあるしね。

「教訓にするとは……厳しい兄だな」

「甘い兄ですよ、僕は。それを自覚していますから、子供達のためになりそうなことがあった時は、絶対に逃さないようにしています」

僕はむやみやたらに叱れないし、教え込むこともできない。だから、子供達には自分で体験したことを糧《かて》にし、今後のためにしっかりと学んでもらいたいのだ。

そこで、レイン様が僕に呼び掛けてきた。

「タクミ殿、この二人の処罰はいかがいたしましょうか？」

「は？　い、いや、ちょっと待ってください。処罰って何ですか!?」

「ですから、客人であるあなた達に対して失礼なことをしたでしょう？」

えぇぇぇー!?

「いやいやいや、彼らは仕事をしただけでしょう!?」

「仕事ですから、間違ってはいけないこともあるんです。ヒースとレスターはあなた達に怒気を見せただけではなく、止めるクラウドの言葉も聞かなかったのです」

「あ～……」

確かにそうだな。子供達の行為を咎《とが》めようとしたことは職務柄仕方ないことだとしても、クラウド様が止めた後も態度が変わらなかったのは駄目だよな～。

「えっと……お任せします」

「はい、任されました」

「任せておけ！」

僕が全面的に丸投げすると、レイン様とクラウド様がすぐに説教を始めてしまう。

「同僚が失礼しました」

そんな光景を眺めていたら、セオドアさんが話しかけてきた。

「えっと……セオドアさん、でしたか？」

「ええ、お初にお目に掛かります」

「あっ、すみません、セオドア様」

「言い直さなくて結構ですよ」

セオドアさんは王子の側近みたいだし、たぶん貴族だろう。

うっかり気安く呼んでしまったので慌てて訂正したが、セオドアさんは気にした様子もない。

先ほどのやりとりで状況把握能力が高い冷静な人物だと思ったが、大らかな人でもあるようだ。

「改めまして、私はレイン様の側近をしています、セオドア・フォルスターと申します」

「僕はタクミです。この子達はアレンとエレナ。お仕事中にお騒がせして申し訳ありませんでした」

「大丈夫ですよ。それにしても、協力しただけとはいえ、レイン様があのような悪戯《いたずら》をするのは初めて見ました」

「え、そうなんですか？　先日はクラウド様と入れ替わりをされていたので、意外とそういうことが好きなんだと思っていました」

てっきり、そこそこ悪乗りするタイプだと思っていたよ。じゃないと、メイナード様が発案者とはいえ、入れ替わりなんてやらないだろうしさ。

「おや、そうなのですか？　それはとても見たかったですね」

「あ、クラウド様がレイン様の真似をしたのであって、レイン様がクラウド様の真似をしたってわけじゃないんですけどね」

「どちらにしても貴重な出来事ですね」

セオドアさんはとても話しやすい人である。

「クラウド様、見事に演じていましたよ」

「数分で見破ったタクミが言うと、皮肉に聞こえるぞ」

僕達の会話が聞こえたのか、クラウド様が苦笑いしながらこちらにやって来る。

「でも、本当に凄くレイン様っぽかったですから。で、クラウド様、お説教は終わりですか？」

「あとはレインに任せてきた」

ちらりとレイン様のほうを見れば、項垂《うなだ》れるヒースさんとレスターさんに、懇々《こんこん》と言葉を掛けていた。

「あの二人は、レイン様とクラウド様の護衛なんですか？」

「まだ正式の護衛じゃないな。だから、説教で済んでいる」

正式じゃない？　と思っていると、セオドアさんが補足してくれる。

「私達は殿下達の学友で、今は見習いという立場になります」

なるほど、正式な護衛だったら本当に処罰の対象になったかもしれないということか。

こちらに悪気がなくても、行動の仕方によっては相手の害になることもあると覚えておかないと。

そして、僕も子供達の保護者である以上、そういうことも予測してちゃんと二人を止めないとな。

「あの二人には申し訳ないことをしました」

「いえいえ、あの二人は学友だったためか少し甘い考えがありましたから、良い機会になったでしょう」

「そうだな。個人的に話している時は別に学園にいた頃のままでいいんだが、第三者がいる時は態度を改めないと、あいつらの立場が悪くなるからな」

セオドアさんとクラウド様は、そう言って首を横に振る。

そうか。学園で仲良しだったとしても、お城ではそうはいかないのか。やはり身分が高いと大変だな～。

「それで、アレンとエレナはそろそろ落ち着いたか？」

「そうですね……アレン、エレナ、クラウド様が心配しているから、そろそろ顔を上げな」

未だに僕にしがみついている子供達に声を掛けると、二人はしぶしぶ顔を上げる。

「そんなへにょりとした顔をして……もう誰も怒っていないぞ」

眉をハの字にしている子供達の顔を見て、クラウド様は苦笑いをする。

「「……ごめんなさい」」

「だから、怒っていないって。二人は言われたことをちゃんと実行しただけだろう？　それを怒る奴は俺が叱ってやるから、いつでも、何度でも飛び込んでこい」

クラウド様は子供達の頭を優しく撫でる。だが、子供達は無反応だった。

まあ、良いと言われても、あんなことがあったばかりでは素直に頷くことはできないよな〜。

「……それとも、もう俺のことは嫌いになったか？」

「「ううん」」

哀しそうな表情のクラウド様の言葉に、アレンとエレナは小さく首を横に振る。

「そうか。それなら良かった」

クラウド様はホッとした様子を見せる。

僕から見ても子供達はだいぶクラウド様に懐いていると思うので、先ほどのことを気にしていたとしても、クラウド様を嫌うことはないだろう。

「アレン、エレナ、降ろすぞ」

たいぶ落ち着いた子供達を床に降ろし、クラウド様のほうを向かせる。

「いいか、アレン、エレナ。俺はもう絶対に押し倒されないから、今後は怒られることはないぞ」

クラウド様が押し倒されなければ、子供達が怒られることはないって、それは解決策ではない気がするが……まあ、いいか。

「「……こっそりたおすもん」」

しかし、アレンとエレナはクラウド様の提案が気に食わなかったのか、ぽつりと不満気に答える。

人目のあるところでクラウド様を押し倒せば怒られると学習した二人は、誰もいないところでこっそり押し倒すつもりらしい。

「……そもそもの、押し倒そうとする行動自体は止めないんだな」

クラウド様もだが、うちの子達も飛びつく行為は継続するようだ。

「今のところ一勝二敗だ。このまま負け越したままにしておくわけにはいかないからな！」

「「まけないもん」」

「そうそう、その調子だ」

クラウド様はわざと子供達を煽って元気づけてくれたのかな？　それは嬉しいんだが……あまり煽らないで欲しいな～。

「おやおや、再戦の約束ですか？」

レイン様がすっかり憔悴《しょうすい》しているヒースさんとレスターさんを引き連れて、こちらにやって来る。

「終わったのか？」

「ええ、とりあえずですけどね」

説教は終わりのようだ。

三人がこちらに来ると、アレンとエレナはすかさず僕の後ろに隠れてしまう。調子を取り戻したとはいえ、騎士の二人には苦手意識があるのだろう。

「「大変申し訳ありませんでした」」

ヒースさんとレスターさんは僕達の正面に来て、申し訳なさそうに頭を下げてきた。

「タクミ殿、アレンくん、エレナさん、この二人にはよぉーく言い聞かせておきましたので、今回は許してあげてもらえませんか？」

「え、ええ、僕はいいんですけど……」

レイン様に言われて僕の後ろにいる子供達に視線を向けると、みんなの視線も集まる。

「「……」」

子供達は顔を少しだけ出し、じぃー……と黙ったまま謝罪してきた二人を見ていた。

「アレン、エレナ、許してあげられるよね？」

黙ったままでは話が進まないので僕から子供達に尋ねてみれば、二人は無言で頷く。

その際も、じぃー……と相手を見つめ続ける。

「えっと……」

「あの……」

ヒースさんとレスターさんは子供達の視線が気になるのか、少したじたじしていた。

「アレン、エレナ、どうしてずっと見ているんだ？」

そこまで警戒しているような見方でもないし、怯えているわけでもない。ただ単に見ているっていう感じだ。

「「……なんとなく？」」

本人達もよくわかっていないのか、首を傾げていた。

「二人が困っているから、ずっと見るのは止めなさい」

注意すると二人は小さく頷き、また僕の後ろに隠れた。

「お許しをいただきありがとうございます。そういえば、タクミ殿達はどこかに行くところだったのですか？」

ホッとした様子を見せるレイン様が、そう尋ねてくる。

「ちょっと迷宮まで行って来ようかと思いまして」

「迷宮へですか？　それは貴重な時間を取らせてしまい申し訳ありませんでしたね」

「いえいえ、そもそもの発端がうちの子達ですから、気にしないでください」

ここで時間が取られたのは、間違いなくうちの子達が原因である。というか、そんなに時間が経っているわけではないけどな。

「でも、そろそろ失礼して行ってきますね」

「そうですね、あまりここで引き留めてしまってはいけませんね。お帰りはいつ頃ですか？」

「一応、明後日の夕方には帰ってくる予定です」

「では、その日の晩餐はご一緒できますか？　今回のお詫《わ》びというわけではないですが、ご馳走を用意しますので」

「本当に気にしなくてもいいのですが……帰国前にもう一度ご一緒できるのは嬉しいので、お願いしてもいいですか？」

「はい、もちろんです」

次はいつ会えるかわからないからな。せっかくなので、食事に招待してもらうことにした。

そうなると、手土産《てみやげ》が必要になるよな？　これから行く迷宮で良いものが手に入るといいな～。

「じゃあ、すみません。行ってきますね」

「はい、お気をつけて」

「気をつけて行って来いよ」

「「いってきまーす」」

レイン様とクラウド様に挨拶をし、セオドアさん達にも会釈《えしゃく》をしてから僕達は城を出た。

◇　◇　◇

城を出る際にすったもんだがあったものの、無事に迷宮に辿り着いた。

「あそこだな」

「「ついたー!」」

王都の街から南東方向に歩いて一時間くらいの場所だ。

第五十五の迷宮〝鉱石〟は、全三十層の土属性の中級迷宮で、崖にある洞窟《どうくつ》が入り口になっている。

「結構人がいるな〜」

この迷宮の下層では鉱物や宝石なんかも手に入るようなので、それが目当てなのか冒険者達でそこそこ賑わっていた。

「ん〜、これだけ人がいると、ジュール達を呼び出したら目立つかな?」

「ジュールたち」

「だめー?」

「ここでは止めたほうがいいな。何階層か下りてからにしようか」

「「は〜い」」

小さい姿のジュール、フィートとマイルなら呼んでも大丈夫だと思うが、ボルトとベクトルは間違いなく目立つだろう。

僕は今のところ、あまり個別で呼び出すことはしないで、全員を一緒に呼ぶようにしているので、ここでの召喚《しょうかん》は見送ることにする。

子供達を連れて洞窟に入ると、周りの冒険者がぎょっとするのが目に入る。

やはりアレンとエレナくらいの子供達が迷宮に入るのは珍しいよな～。

「今日を入れて約三日間。何階層を目標にする？」

転移装置のある最初の広間に向かいながら、僕は子供達と今回の目標を決めることにする。

「「さいごまでー」」

「三十階層を全部攻略？　そうなると、一日最低十階層は進まないといけないから、ちょっと大変だぞ。もうちょっと少なくしよう？」

「「だめー」」

「さいごまで」

「こうりゃくー」

僕としては日数的に二十階層が精々《せいぜい》かな～と思っていたが、子供達の目標は高かった。

「まあ、いいか」

「「わーい」」

あくまで目標だしね。

「だけど、絶対に無理はしないこと！　それと、攻略が終わっていなかったとしても、明後日の夕方には迷宮を出るからね」

「「はーい」」

「じゃあ、とりあえず、さくっと五階層くらいまでは駆け足で行くか」

「「おー！」」

最初の広間を通り過ぎ、一階層へと足を踏み入れた。

「「はしるーー！」」

通路に入った瞬間、子供達が走り出した。

ゆるーい駆け足とかではなく、かなり本気で走っている。

「〝さくっと〟とは言ったけど、飛ばす気満々だな～」

僕は二人を追うように走る。

「「とぉーー！」」

アレンとエレナは走りながら、前方に現れたロックアントを蹴り倒す。

「おにーちゃん」

「ひろってねー」

そして、ドロップアイテムを僕に拾うように言いながら、歩を……というか走るのを止める様子はない。

「……これはまた微妙な役割だな」

僕は走りながら、ロックアントが落とした液体の入った瓶を拾い、微妙な気持ちになる。

「なあ、アレン、エレナ、交代しないか？」

「「やだー」」

先行するアレンとエレナが〝前は譲らないぞ〟とばかりに走るスピードを上げる。

「ちょ！　こら、急ぎ過ぎ！　もうちょっとスピードを落としなさい！」

「「きゃ～」」

賑やかに走りながら魔物を屠《ほふ》る子供達、そんな子供達を追いかけながらドロップアイテムを拾う僕。

周りにはまだちらほら冒険者達がいるので、彼らから見たら怪しい人間に思われそうで怖いな。

だからといって、追いかけないわけにもいかないし……早く人目がないところまで走り抜けるのが得策だろうか？

「「やぁー」」

アレンとエレナは走りながら、次々と出会う魔物を倒していく。

手でドロップアイテムを拾うのでは間に合わなくなってきたので、僕は風魔法を使ってかき集める。

正直、この上層で出る魔物のドロップアイテムは、そこまで良いものではないので拾わなくていい気がするのだが、魔法の熟練度を上げるためにも拾い集める。

そんな道の途中、僕はとあるものを見つけた。

「あ！　アレン、エレナ、ちょっと待った」

「「なーに？」」

「バニラビーンズを見つけた」

「「バニラー？」」

通路の壁に這《は》う蔦に、バニラビーンズが大量に生えていたのだ。

新米冒険者が見つけてくるっていう話だから低層にあるとは思っていたが、まさか一階層で見つかるとは。しかも、植物っぽく緑色の状態で生《な》っているんじゃなくて、僕の知っている黒っぽいサヤの状態である。

「……加工する手間がないのは助かるからいいか」

普通は干したり熟成《じゅくせい》させたりするよな？　よくわからないが、絶対にこういう状態で生えているわけではないはずだ。

「「とるー？」」

「次はいつ手に入るかわからないし、採っておこう。バニラアイスの他にもおやつ系とかには使えるものだしな」

「「いっぱいとる！」」

おやつに使えると聞いて子供達が張り切った結果、大量のバニラビーンズが手に入った。バニラビーンズは一度に大量に使うようなものではないので、個人で使うには十数年、数十年分はありそうだ。

「採り過ぎたな～」

「だいじょーぶ！」

「いっぱいたべる！」

「甘いものは食べ過ぎ注意！　お腹がぽよんぽよんになるよ」

「「ぽよんぽよん？」」

「そうだよ。ぽよんぽよんになると走り回ったりするのが大変になるんだぞ～」

「「ぽよんぽよん、だめー！」」

「じゃあ、ほどほどにしような」

「「うぅ～、わかった～」」

子供達はしぶしぶ頷く。

「って言っても、今までぐらいの量なら問題ないから、急に食べないとか言うんじゃないぞ。動いたら動いただけ食べる量は必要になるんだから」

脅し過ぎておやつを全然食べなくなっても困るので、そこだけは言っておく。

アレンとエレナくらいの歳の子は、間食は必要だもんな。それでなくてもうちの子達の運動量は多いので、少し多めに間食を摂ったとしても太ることはないだろう。

「「うん、わかったー」」

「それじゃあ、先に進むか」

「「はーい」」

僕が言った途端、再び子供達は走り始めた。

「はしって」

「たべるー」

たくさん食べるために走るってか？

「……ほどほどにな～」

「「ほどほどね～♪」」

過度な運動にならなければ問題ないと思うんだが、うちの子達の場合、運動量の限界をまだ見たことがないんだよね～。でもまあ、それは僕がちゃんと見極めればいいか。

「おにーちゃん」

「あっちー」

「はいはい」

アレンとエレナは迷うことなく進路を決め、走り続ける。

「かいだん」

「あったー」

そして、あっという間に二階層へ下りる階段を見つけた。

そのまま一階層に引き続き、二階層、三階層と走り続けた僕達は、一時間ほどで四階層へと辿り着いた。

だが、アレンとエレナはまだまだ止まらない。

「「やぁー」」

大量にいたストーンリザードを倒し、また走り出そうとするのを慌てて止める。

「アレン、エレナ、待った！　一旦、休憩！　そう、飲みものを飲もう！」

体力的には問題なくても、一時間全速力で走れば、汗もかいているだろう。

「まだまだ元気でも、このくらいの時間が経ったら水分補給。わかったか？」

「「わかったー」」

子供達に果実水を渡し、つかの間の休憩を取る。

「まだまだ」

「いくよー」

「……走り続けるんだな」

「「うん！」」

休憩が終わると、またまた走り始める。

「あ、クマだ」

「あっちは、ウサギー」

ロックベアーとスターラビットが、Y字通路の分かれ道の先からこちらに向かってくる。

「アレン、クマいくー」

「エレナ、ウサギね」

アレンは右斜め前の通路から来るロックベアーを、エレナは左斜め前の通路から来るスターラビットを倒すために、分かれて走っていく。

「……どうして別々の通路に行くかな～」

僕は両方が見える分岐点で止まり、二人の様子を窺う。そして、どちらにも対処できるように備えておく。

「やぁー！」

アレンが走りながら跳び上がり、突進してくるロックベアーの鼻頭へと踵落《かかとお》としを繰り出す。

「グガッ！」

ロックベアーは一瞬だけ怯《ひる》むが、すかさず腕を振り回す。

しかし、アレンはそれをバックステップで躱した。

「とりゃー」

少し後方に下がったアレンは再びロックベアーに向かって走り寄り、回し蹴りを叩き込む。

横から首を蹴られたロックベアーは、壁に激突する。

「はぁー！」

最後にトドメとばかりに突き蹴りを放ち、危なげもなく倒してしまった。

「《ウォーターボール》」

もう一方の通路では、エレナがある程度離れた距離で立ち止まって、五匹いるスターラビットに向かって水球を放っていた。それも三つの水球を同時に。

「やぁー！」

五匹いたスターラビットの数が二匹に減ると、エレナは一気に距離を詰めて蹴り飛ばし、あっさりと倒してしまう。

「「おわったー」」

アレンとエレナはそれぞれドロップアイテムを拾い、僕のいる分岐点まで戻ってくる。

「お疲れ様。でも、お兄ちゃんは困ったな」

「「こまるー？」」

「うん。二人が強くてもね、何かあった時のために準備はしておきたいから、二手に分かれるのは止めて欲しいな」

「「う～ん？」」

「そうだな～、行きたいほうの魔物を優先して倒すとか？　あ、でも、挟み撃ちされても困るから……分かれ道に入る前に、片方の敵を魔法で倒して、改めてもう一方の通路に向かうとかかな？」

「「おぉ～、わかった！」」

とりあえず、次に今みたいな場面になった時、別々の通路に行かないように対策を立てておく。子供達があっさり倒せる強さの魔物なら問題ないが、下層になれば手強い魔物も出てくるだろうからな。除けられる危険は排除しておこう。

「よし、じゃあ、行くか。どっちだ？」

「「みぎー！」」

そして、走り続けた結果、昼頃には十階層のボス部屋まで辿り着いてしまった。

「……もうここまで来ちゃったよ」

「「あけていい？」」

ボス部屋の扉を触る前に、アレンとエレナはしっかりと確認を取ってくる。

「いいよ。あ、でも、そろそろジュール達を呼ぶか」

「「よぶよぶー！」」

他の冒険者と出会う頻度が少なくなってきたので、ジュール達契約獣を呼び出すことにした。

《わーお。ボス部屋の前だー！》

《あら、本当ね》

《兄上、ここはどこの迷宮ですか？》

《オレ、ボスと戦いたーい》

《わーい、いっぱい遊ぶの！》

ジュール達は呼び出された瞬間、状況を把握してわくわくした様子を見せる。

「ここは土属性の中級の迷宮、十階層のボス部屋だよ」

《中級の十階層のボスなら、それほど強くないね～》

「たぶんな。でもジュール、格下相手だろうが油断は禁物だよ」

何の魔物が出るかは知らないが、ジュール達にかかれば簡単な相手だろう。だが、それで足を掬われる事態は避けたい。

《そうね～。アレンちゃんとエレナちゃんに怪我でもさせたら……わかっているわよね？》

《っ!!》

フィートが《ふふふっ》と不敵な笑みを見せると、ジュールはびくりと身体を震わせる。しかも、ボルト、マイル、ベクトルが怖がるように一歩後ろに下がっていた。うちの契約獣の力関係は、フィートが一番上なのかな？

頼れるお姉さんという印象の強いフィートであるが、さらに頼れる感が増したな～。

「じゃあ、気持ちを引き締めたところで行くとするか。アレン、エレナ、開けていいぞ」

「「はーい」」

子供達を促してみんなでボス部屋の中に入れば、いつものように扉が勝手に閉じ、広間の中央が光る。

「「なーに？」」

《あれは……クレイゴーレム。ゴーレムの一種ね》

初めて見る魔物に子供達が首を傾げ、フィートが魔物の名前を教える。

《どろどろ～》

《べたべた～》

ジュールとベクトルがクレイゴーレムを見て嫌そうな顔をする。

素材が粘土《ねんど》というか泥に近いのか、ゴーレムと言えば、もうちょっとしっかりした人型のイメージだったんだけど、どちらかと言うと泥人形っぽい。

「あれに直接触る攻撃は厳禁だな」

「「まほう！」」

「そうだな。魔法で攻撃になるけど……水魔法も駄目だな。余計にドロドロになりそうだから」

「「あぅ～」」

張り切っていたアレンとエレナだったが、水魔法禁止と言われてしょんぼりする。

「そんなに落ち込むなよ。ここは無理だけど、他では大活躍できるだろう。だから、我慢な」

「「……は～ぃ」」

「うん、いい子。――じゃあ、あいつの相手は誰がする？」

子供達を慰め、改めてクレイゴーレムと対峙《たいじ》する者を決める。

《じゃあ、ボクがやる》

《えぇー、オレが燃やしちゃう！》
《ちょっと、考えがあるんだ！　だから譲って》
《え〜、しょうがないな〜》
張り切って名乗り出たのは、ジュールとベクトル。二匹の話し合いの結果、クレイゴーレムの相手はジュールがすることになったようだ。
《よーし、いくぞ。凍っちゃえ！　——〈フリーズ〉》
ジュールは早速、【氷魔法】でクレイゴーレムを凍らせる。
戦いが始まって一瞬で、クレイゴーレムの氷像ができ上がった。
《完成！　アレン、エレナ、これなら蹴っても大丈夫！》
「「おぉ〜」」
どうやらジュールは、落ち込んでいたアレンとエレナが攻撃できるようにしたみたいだ。
《ほらほら、早く攻撃しないとドロップアイテムに変わっちゃうよ！》
「「たいへん！」」
アレンとエレナは、慌てて氷像になったクレイゴーレムに向かって走っていく。
「「やぁー！」」
二人が飛び蹴りを繰り出すと、氷像は——パリーンッ、と音を立てて崩れた。
《あら、綺麗に割れたわね〜》

《見事に粉々ですね》
《おぉ～、やるぅ～》
《綺麗なの！》
小さな氷の粒が散って、キラキラと輝く中、クレイゴーレムがドロップアイテムに変わった。
「「たおしたー」」
僕達がいたところに戻ってきたアレンとエレナは、両手を腰に当てて「「えへんっ」」と胸を張る。
褒めてあげたいんだが、まずは――
「お疲れ様。でも、アレン、エレナ、先にジュールにお礼を言おうな」
「「はっ！　ジュール、ありがとう！」」
《はい、どういたしまして》
お膳立てをしてくれたジュールにお礼を言うように促すと、二人は慌てたようにお礼を言った。
《それにしても、二人とも見事な蹴りだったよ～》
「「えへへ～」」
ジュールに褒められて、子供達は照れる。
「確かに良い蹴りだったな。一発で氷像が粉々。あ、ドロップアイテムも粉々になっていたりして～」
「「えぇ!?」」

僕の冗談を真に受けた子供達は、慌ててクレイゴーレムがいた場所を見に行った。
《わ～、アレン、エレナ、ちょっと待って～》
《オレも行く～》
《わたしも行くの！　置いて行かないで！》
《マイル、ぼくに乗ってください》
《ボルト、ありがとうなの！》
ジュール、ベクトル、マイル、ボルトも、慌てて子供達を追いかける。
《兄様ったら、アレンちゃんとエレナちゃん、凄く驚いていたわよ～》
「いや～、あそこまで驚くとは思わなかったんだよな～」
《もぉ～、やり過ぎないようにね》
「はい、気をつけます」
頼れるお姉さん、フィートに怒られ……はしなかったものの、しっかり窘められてしまった。
「「おにーちゃん、あったよ～」」
アレンとエレナがドロップアイテムを見つけて、こちらに向かって手を振ってくる。
《本当に粉々にはなっていなかったみたいね。良かったわ》
「そうみたいだな。さて、呼んでいるから行くか」
《そうね～》

僕はフィートを連れてドロップアイテムを拾い集めている子供達のもとへ向かう。
《こっちのは土の魔石かな？》
《こちらは……ナイフですね。凄く錆《さ》びていますけれど》
ジュールとボルトが、僕のところに拾ったアイテムを持ってくる。
土の魔石は妥当なドロップアイテムだが、錆びているナイフ？　そんなものまでアイテムとして出てくるんだな。
「うわっ、本当に赤錆《あかさび》だらけだな～。鉄のナイフか？」
ボルトからナイフを受け取ってみると、刃の全体が赤茶色で覆いつくされていた。
《あらあら、本当に凄いわね》
「これはさすがに使い道がないかな？」
絶対に使えるものじゃないとわかっているものを《無限収納《インベントリ》》に入れるのは気が引ける。でも、だからと言って、これをこの場に置き去りにしていいものか。
そう悩む僕に、ベクトルが突然大きな姿に戻ってすり寄ってくる。
《それ、いらない？　じゃあ、オレにちょうだい！》
「ん？　ベクトル、これをか？　何に使うんだ？」
《魔法の練習！　武器を狙って溶かせるようにね！》
「なるほど」

錆びていても武器。そういう使い方もできるか。

「いいよ。とりあえず《無限収納《インベントリ》》に保管しておけばいいか？　それともここで練習するか？」

《やったー！　じゃあ、兄ちゃんが持ってて！　いっぱい集めて、いっぺんに使うの！》

僕の契約獣の中では、ベクトルが一番魔法の加減が苦手だ。

練習熱心でもあるんだけど、ベクトルが使うのは火魔法なので、場所を選ばないといけない。燃え移りそうな森の中は駄目だし、魔物相手も素材が駄目になってしまうんだよな～。迷宮内の魔物なら燃やしてもドロップアイテムが出てくるので問題ないのだが、狭い通路などではやはり練習させるのを躊躇《ためら》ってしまう。

でも、こういう使えない武器を集めて広い岩場なんかに行けば、たっぷり練習をさせてあげられるだろう。

「了解。じゃあ、今度からは使えなさそうな武器が見つかったら、ベクトルの練習用に積極的に集めておくよ」

《わーい、お願い！》

僕の言葉に、ベクトルの尻尾がぐるんぐるん回っている。

「「おにーちゃん、おにーちゃん、これなーに？」」

嬉しそうにするベクトルを眺めていると、アレンとエレナが両手に灰色の土の塊のようなものを持って寄ってきた。

「それは……粘土のようだな」

「「ねんどー？」」

【鑑定】で調べてみれば、良質な粘土だった。とはいっても、子供が粘土細工を作って遊ぶ用のものでなく、陶芸《とうげい》で使うようなものだ。

「なにに」

「つかうのー？」

「お皿とか花瓶を作るのに使うものだな」

「「へぇ～、そっか～」」

子供達はお皿作りには興味がないのか、粘土を僕に渡すと、他にドロップアイテムがないかさっさと探しに行ってしまった。

《あら～、興味がないみたいだね～》

《珍しいの！》

「まあ、そういうこともあるさ」

この粘土でも子供達好みの置物などを作ることはできるだろうが、陶芸なんて僕もやったことがないから、焼く作業がどうしても不可能だ。ただ焼いたり乾燥させたりするだけでは、簡単に崩れそうなものしかできないだろう。なので、逆に興味を持たれると困ったかもしれないので、僕はちょっとホッとしている。

「「これでおわり～」」

アレンとエレナが最後のドロップアイテムを拾ってきた。残りはガラスでできた勾玉《まがたま》が二つ。

勾玉は確か、お守りとして活用されていたはずだ。

「青と水色か。ちょうど二つとも水属性っぽいし、アレンとエレナがお守りに持っていな」

「「おまもりー？」」

「そう。良いことがありますように、って。どっちがどっちにする？」

「アレン、こっちー」

「エレナ、こっちー」

「アレンが青で、エレナが水色な。じゃあ、鞄に入っている宝箱にでも入れておくか」

「「はーい」」

お守りは身に着けたほうがいいんだと思うが、二人は魔道具の首飾りをつけているし、鞄にもカイザーの鱗《うろこ》で作った飾りをつけている。

さすがにこれ以上飾りをぶら下げるとジャラジャラして動きの邪魔になりそうなので、とりあえず鞄に入れさせておくことにした。

「よし！　じゃあ、最奥の間に行って、次の階層に行くか。まだ先に進むだろう？」

「「うん！」」

クレイゴーレムを倒した僕達は、引き続き攻略を進めたのだが……もともとスピード重視で進んでいたところにジュール達が参戦したので、さらにペースが上がる。

本当に駆け抜けるように攻略が進み、あっという間に十五階層まで辿り着いてしまった。

「そろそろ夜になるから、休憩できそうな場所を探すぞ」

「《《《《はーい》》》》」

比較的安全そうな場所を探し出した僕達は、そこでご飯を食べてから睡眠を取ることにした。

◇　◇　◇

翌朝、十五階層の攻略を開始する。その前に――

「ご飯はおにぎりでいいか？」

「《《《《うん！》》》》」

しっかりと朝ご飯を食べ、食休みをしてから攻略を開始。

「いくよ～」

《《《《おー！》》》》

掛け声と共に子供達は走り出した。最初から飛ばすようだ。

《前方にゴーレム発見！》

《オレの出番！》

《了解～》
小さな姿のジュールはベクトルに出番を譲り、ゴーレムの横をすり抜けた。
すると、大型犬サイズのベクトルが、三メートルくらいあるゴーレムの身体の中心を頭から体当たりしてぶち抜き、そのまま駆け抜けていく。
「「おぉ～！」」
感嘆の声を上げて、アレンとエレナは崩れたゴーレムの横を走り抜けていく。
《力業はベクトルが一番ですね》
《なの！》
感心するボルトの背にマイルが乗り、子供達の後を追う。
《はい、兄様》
最後に僕の横を走っている小さな姿のフィートが、ドロップアイテムを風魔法で拾い、僕に渡してくれた。
「あ、ありがとう」
流れるような連携《れんけい》である。
「ベクトル、頭は痛くないのか？」
《全然平気！　あのくらいなら何体いても大丈夫！》
ドロップアイテムを拾う役割もなくなったので……みんなの体調管理と休憩の指示だけが僕の役

割だな。
《おっ、またゴーレム発見！》
「つぎはアレン！」
「エレナもたおすー！」
再び現れたゴーレムは、アレンとエレナが相手をするようだ。
《手助けするの！　――〈バインド〉》
「「やぁー！」」
マイルがゴーレムに蔦を絡ませて動きを制限したところに、アレンとエレナが跳び蹴りを食らわせる。
《お～、いいね、いいね～》
《お見事です》
「「えへへ～。あ、マイル、ありがとう～」」
《いいえなの！》
褒めるのも、照れるのも、お礼も、走りながらである。
《はい、兄様》
「うん、ありがとう」
すかさずフィートがドロップアイテムを拾ってくれる。本当に見事な連携だな。

　このくらいの階層になってくると、防御力が高そうな魔物が多くなってきて、他の冒険者とはほとんど会わなくなった。なので、うちの子達はもの凄く自由に動き回っている。

　途中で適度に休憩を取りつつ、昼頃には二十階層のボス部屋に辿り着いた。
「広いな～。――って、何事だ⁉」
　扉を開けて足を踏み入れた二十階層のボス部屋は、いつもと違った雰囲気だった。
　何もない広い部屋だと思った瞬間、天井まで届く壁が――ずぼっ、と地面から伸びたのだ。
《通路ができたわね？》
「「ボスはー？」」
「えっと……どこだろう？　誰かいる気配を感じるか？」
《ん～、気配はあるにはあるんだけど……凄く小さい？　それに、あちこちから感じるんだよね》
　ボス部屋だというのに、ボスである魔物がいるかどうかも怪しいらしい。
《駄目です、兄上。天井ピッタリまで壁で、上からは周りの様子は確認できません》
「ありがとう、ボルト。――じゃあ、ここにいても仕方がないから先に進むか」
　僕の言葉に、ジュールが頷く。
《そうだね～。あ、あそこで通路が左右に分かれているね》
「アレン、エレナ、どっちに行く？」

「「みぎー」」

じっとしていても解決できないと思い、とりあえず進むことにした。

「つぎはー」

「ひだりー」

「つぎはー」

「まっすぐー」

本当に普通の迷路のようだ。

「もともと迷宮自体が迷路っぽい作りなのに、ボス部屋でさらに迷路って……どういうことなんだろう？」

《本当におかしなボス部屋ね》

《フィートの言う通りなの！　進んでもボスの居場所がはっきりしないの！》

先に進めど景色は変わらず、魔物の気配も希薄という不思議な空間が続く。

《もぉ～！　我慢できないぃぃぃぃ！》

魔物一匹出ない状況に退屈したのだろう、ベクトルが叫び声を上げると、思いっ切り突進し、前方の壁にぶつかりに行った。

《あっ！》

「ジュール、どうしたんだ？」

《今、気配が揺れた！》
《本当ね。ベクトル、そのまま二、三枚壁を壊してちょうだい》
《任せて！》
ジュールとフィートが何かに気づいたようで、ベクトルに続けて壁を壊すように指示する。
《また気配が揺れたの！》
《それに少し小さくなりました。間違いありませんね》
マイルとボルトは確信したように頷く。
「ああ、この迷路みたいな場所自体が、ここのボスか」
「「んにゅ？」」
僕の言葉にジュール達が頷く。わかっていないのは、アレンとエレナだけだな。
えっと、確かこの魔物は……マナイーターだな。その場にいる者の魔力を少しずつ奪う魔物だ。
「じゃあ、ここは腹の中みたいなものか？」
《だね。倒すには手当たり次第壁を壊していくのが手っ取り早いね！》
「そうとわかれば……みんな、準備はいいな？」
「「《《《《《おー！》》》》》」」
僕の合図で一斉に四方に散り、手当たり次第に壁を壊していく。
「「とぉー！」」

「アレン、エレナ、あまり離れるなよ。あと、蹴りで壁を壊し過ぎたら足が痛くなるから、そろそろ魔法にしようか」

「「はーい。――《ウォータージェット》」」

ジュール、ベクトルが大きくなって物理的に壁を壊していたからか、アレンとエレナも蹴りで壁を壊していた。さすがに壁相手に蹴りを続けるのは良くないと思ったので注意すると、すぐさま魔法に切り替える。

「最近、アレンとエレナの発音が良くなってきているよな？　――《エアショット》」

僕は近くにいたフィートに最近思ったことを確認してみた。

《あら、兄様もそう思う？　私も思ったわ。舌足らずな喋り方も可愛かったんだけど、成長したことは喜ばないとね～。――《エアショット》》

「そうだな」

フィートがちらりと横目で子供達を見て、同意してくる。

たまに変な言葉を言って驚くこともあるが、二人は確実に成長している。

《成長といえば兄様、私的には私と同じ【風魔法】を使ってくれるのは嬉しいんだけど、他の属性の魔法を使わなくていいの？》

「あ、うん、そうだな。たまには練習しないとな。えっと……――《ストーンバレット》」

フィートの忠告に、使う魔法を【土魔法】に変えて熟練度を鍛えることにする。

どうしても【風魔法】が使いやすいので、意識しないと他の属性魔法を使うのを忘れてしまうんだよな～。

《あ、終わりかな？》

数分、壁を壊して回ると、突然景色が揺れ、周りの壁が全て瓦礫《がれき》と共になくなった。

「倒したみたいだな」

《そうだね。あ、あっちにドロップアイテムがあるよ》

「「とってくるー」」

アレンとエレナがドロップアイテムを拾いに走っていき、すぐに戻ってくる。

「ませきとー」

「てっこうせきとー」

「ナイフもあった」

「あとねー、キラキラ」

魔石に鉄鉱石。それに今度は普通の鉄ナイフ。あとはガラス玉と……いろいろなものがあったようだ。

「「あとねー、これ、むしがはいってるのー」」

「虫？　えっと、これは……琥珀《こはく》だな」

子供達が持ってきたものは、蜂っぽい虫が綺麗に閉じ込められた黄色い宝石だった。しかも、そこそこ大粒だ。

「虫が入っているのは珍しかったはずだ。凄いのがあったな〜」

「「やったー」」

「お、最奥の間の扉が開いたな」

アイテムを確認した僕達は最奥の間に移動し、そこで昼ご飯を食べて少し休憩を取ると、再び迷宮攻略へと乗り出した。

走り抜けるようにサクサクと攻略は進み、睡眠休憩を取るために子供達を止めた時には、二十七階層を攻略し終わっていたのだった。

◇　◇　◇

「本当にここまで来ちゃったよ」
迷宮に潜って三日目。それも午前中に、僕達は三十階層のボス部屋に到着した。
《ボスは何が出るかな〜》
「「いっぱいいるといい！」」
《そうだね。たくさんいるといいね〜》
最後のボス戦を前に、子供達はわくわくと楽しそうにしている。

「楽しむのはいいけど、油断はするなよ」

「「《《《《はーい》》》》」」

はしゃぎ過ぎないように子供達を注意しながらボス部屋に入ると、岩石地帯が広がっていた。

すぐに扉が閉まって、数メートル先で光が集まり、そこにボスが現れる。

「アイアンゴーレムだな」

現れた魔物は、道中で倒したゴーレムの数倍は大きい、鉄製のゴーレムだった。

《硬そうなのがきたね～》

《でも一匹か～。もっといっぱい出てくれたらいいのに～》

「「ざんねん～」」

アイアンゴーレムを見て子供達は感想を漏らす。

結構迫力抜群な相手なんだが……「「残念」」って、アレンとエレナは何を期待していたんだろうな～。

《ねぇ、ねぇ、お兄ちゃん、誰が戦うの？　ジャンケン？》

アイアンゴーレムは既に、僕達を敵とみなしてこちらに近づいて来ている。いくら動きが遅いと言っても、ジャンケンで決める前にここまで来るだろう。

「ん？　そうだな～。鉄だから、ボルト、たまにはボス戦をしてみるか？」

《ぼくですか？》

僕が話を振ると、ボルトはきょとんとした顔で見返してきた。どうやら、自分が指名されるとは思ってもみなかったようだ。
「うん、いつもボルトはみんなに譲ってばかりいるからな。それに、アイアンゴーレムはボルトの【雷魔法】と相性は良いだろう。だからどうかな～と思ってな。ああ、もちろん、嫌ならそう言ってくれてもいいからな！」
《いいえ！　兄上のご指名でしたら、ぼく頑張ります！》
「そうか。じゃあ、お願いな」
《はい！　じゃあ、行ってきます》
ボルトは張り切って、アイアンゴーレムに向かって飛んでいく。
《……オレが戦いたかった》
飛んでいくボルトを見ながら、ベクトルがしょんぼりしながらぽつりと零す。
「戦うのにはやっぱり相性って大事だからな。今回は我慢な。それにな、ベクトルが強くても、さすがにアイアンゴーレムにぶつかって行くのは僕が心配なんだよ」
《心配？》
「怪我をするんじゃないかな～って」
《オレ、頑丈だよ》
「そうなんだけどな。いかにも硬そうな相手だと心配するんだよ」

《そっか～。じゃあ、オレ、我慢する》
あと、アイアンゴーレムとベクトルが戦ったら、どっかん、どっかん……と鳴り響く音が酷くなりそうな予感しかない。僕の心臓のためにもベクトルには我慢してもらいたい。
《行きます！　――〈サンダーボルト〉》
ボルトはアイアンゴーレムの真上まで飛んでいくと、落雷を放つ。
すると、アイアンゴーレムの身体の周りにビリビリと電気が走っていた。
「「おぉ～」」
《最初から容赦《ようしゃ》ないね～》
《ボルト、張り切っているわね～》
《タクミ兄のご指名なの！　張り切るのは当たり前なの！》
《ん～、やっぱり戦いたかったな～》
双子が感心の声を上げるのに続いて、ジュール、フィート、マイル、ベクトルも感想を述べる。
「……効いているよな？」
《大丈夫よ、兄様。ちゃんと効いているわ》
アイアンゴーレムは悲鳴や雄叫びを上げないので、攻撃が効いているのか不安になるんだよな。
「そうか、良かった。相性が良いって、僕の思い込みだったらどうしようかと思ったよ」
《ふふっ、そんなに心配しなくても、相性が悪くたってボルトなら勝てるわよ》

フィートが僕の不安を解消しようとしてくれる。

まあ、ボルトは大人しい性格だけど、Aランクの魔物だもんな。今だって、アイアンゴーレムから放たれた岩の弾丸を避け、追撃とばかりに落雷を放っている。

「見ていて安心する戦い方だな」

アイアンゴーレムは次々と【土魔法】で応戦するが、ボルトは軽々避けては隙をみて【雷魔法】を放つ。空中から繰り出される攻撃に、アイアンゴーレムは為す術もない様子である。

《そろそろトドメです！　――〈サンダーボルト〉》

もう一度、ボルトが落雷を放つと、アイアンゴーレムの動きが止まった。

「「おわったー？」」

「そうだな。倒したみたいだな」

徐々にアイアンゴーレムの身体にヒビが広がっていき、最後にはガラガラと崩れていった。

《ただいま戻りました》

「お疲れ様。ボルト、凄かったよ」

「「ボルト、すごかった！」」

《ありがとうございます》

僕の肩に止まって身体をすり寄せてくるボルトを撫で、労《ねぎら》ってあげる。

「お、ドロップアイテムが出たな。さて、今回は何かな？」

「「ひろってくるー」」

アイアンゴーレムがドロップアイテムに変わると、アレンとエレナがすぐに走っていく。

「最奥の間も向こうみたいだし、僕達も行こうか」

《《《《はーい》》》》

アレンとエレナに少し遅れて、僕達もアイアンゴーレムが倒れた場所へ移動した。

「どうだい？　いいのがあったかい？」

「「キラキラいっぱーい！」」

「おぉ、凄いな！」

アレンとエレナが差し出してきた手には、ダイヤモンドが載せられていた。僕の親指の爪くらいの大きさのものが一つと、その四分の一くらいのものが三つ。

「あとはねー、つちのませき」

「それとねー、これー」

「特大の魔石だな。それとこれは……銀か！」

何かわからなかったので【鑑定】してみれば、銀の塊であることがわかった。子供達が言った通り、キラキラ尽くしのようだ。

「なかなかの収穫だったな～」

「「なかなか～」」

「さてと、最奥の間でご飯にして、お城に帰るか」

「「《《《《はーい》》》》」」

最奥の間でご飯を食べてからジュール達を影に戻し、転移装置を使って一階層の広間へと戻った。

一階層の広間に戻ったところで、ギルドカードを確認しておく。

【迷宮記録】第四の迷宮〝土〟　十五／十五層
第五十三の迷宮〝細波〟　三十／三十層
第六十五の迷宮〝鉱石〟　三十／三十層
第八十九の迷宮〝巨獣〟　三十／三十層
第八十九の迷宮〝連理〟　七／五十層

「順調に迷宮記録が増えていくな～」

これで、完全に攻略をした迷宮は四つめだ。

「「もっとふやすー！」」

「もっと？」

「「うん、もっと！」」

宣言した通り、三日以内で『鉱石の迷宮』を攻略し終えた僕達は、満足してお城に戻ることにした。

明日にはガディア国に帰るが、そのうちまたクレタ国に遊びに来たいな。

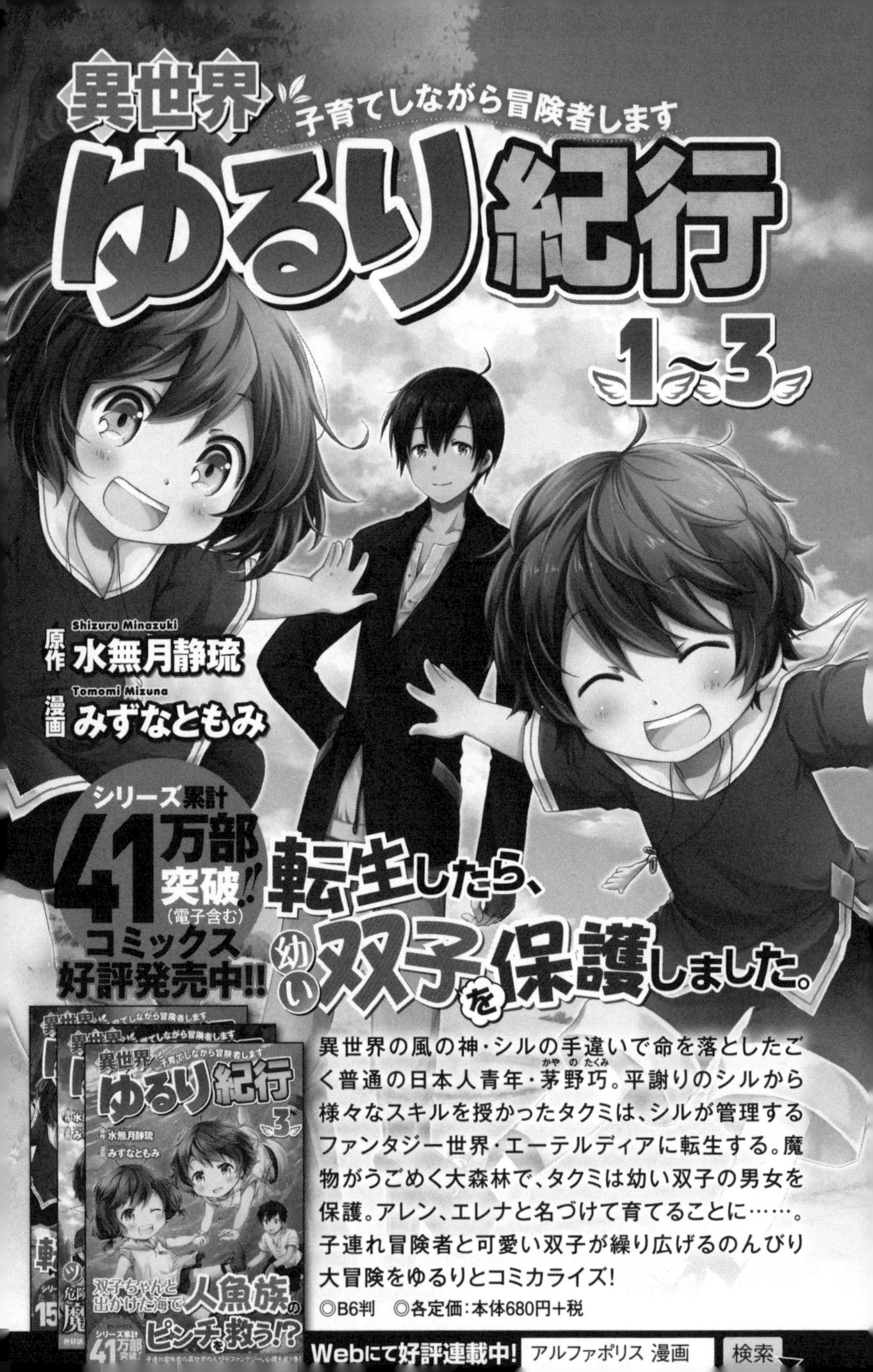
異世界ゆるり紀行
子育てしながら冒険者します
1~3
原作 水無月静琉 Shizuru Minazuki
漫画 みずなともみ Tomomi Mizuna
シリーズ累計41万部突破!!（電子含む）
コミックス好評発売中!!
転生したら、幼い双子を保護しました。
異世界の風の神・シルの手違いで命を落としたごく普通の日本人青年・茅《かや》野《の》巧《たくみ》。平謝りのシルから様々なスキルを授かったタクミは、シルが管理するファンタジー世界・エーテルディアに転生する。魔物がうごめく大森林で、タクミは幼い双子の男女を保護。アレン、エレナと名づけて育てることに……。子連れ冒険者と可愛い双子が繰り広げるのんびり大冒険をゆるりとコミカライズ!
◎B6判　◎各定価：本体680円＋税
異世界ゆるり紀行 子育てしながら冒険者します 3
水無月静琉
みずなともみ
双子ちゃんと出かけた海で人魚族のピンチを救う!?
Webにて好評連載中!　アルファポリス 漫画　検索

ネットで話題沸騰！
アルファポリスWeb漫画
面白い漫画が毎週読める!!
原作 柳内たくみ 漫画 竿尾悟
ゲート GATE 自衛隊 彼の地にて、斯く戦えり
原作 あずみ圭 漫画 木野コトラ
月が導く異世界道中
原作：秋川滝美
漫画：しわすだ
居酒屋ぼったくり
原作 寺尾友希 漫画 雨理ユウ
レベル596の鍛冶見習い
原作 さとう 漫画 小田山るすけ
大自然の魔法師アシュト、廃れた領地でスローライフ
原作 まはぷる 漫画 トミイ大塚
巻き込まれ召喚!? そして私は『神』でした??
Am I A God?
人気連載陣
● THE NEW GATE
● 素材採取家の異世界旅行記
● 異世界ゆるり紀行 ～子育てしながら冒険者します～
● いずれ最強の錬金術師？
● 追い出された万能職に新しい人生が始まりました
● 勘違いの工房主
● 追い出されたら、何かと上手くいきまして
and more...
原作 椎名ほわほわ
漫画 六堂秀哉
とあるおっさんのVRMMO活動記
漫画：小早川ハルヨシ
Re:MONSTER リ・モンスター
選りすぐりのWeb漫画が無料で読み放題！
今すぐアクセス！ アルファポリス 漫画 検索
アルファポリスアプリ
スマホでも漫画が読める！
App Store/Google play でダウンロード！

学校でいじめられていた高校生レイヤは、クラスメイトと一緒に異世界に召喚される。そこで手に入れたのは「魔物と会話できる」スキルのみ。しかし戦闘で役に立たないため、無能力者として追放されてしまう……！　一人ぼっちとなったレイヤは、スキルを使ってスライムと交流し、アイテム収集でお金を稼ぐことにした。やがて驚くべきことに、人化したスライムの集合体が予想外の力を見せつけ、再びレイヤに手を出そうと企んだクラスメイトの撃退に成功する。可愛い狼モンスターの親子も仲間に迎え入れ、充実の異世界ライフが始まった――！

◉定価：本体1200円＋税　◉ISBN 978-4-434-27439-8
◉Illustration：ひげ猫

この作品に対する皆様のご意見・ご感想をお待ちしております。

おハガキ・お手紙は以下の宛先にお送りください。

【宛先】

〒150-6008 東京都渋谷区恵比寿4-20-3 恵比寿ｶﾞｰﾃﾞﾝﾌﾟﾚｲｽﾀﾜｰ 8F
（株）アルファポリス　書籍感想係

メールフォームでのご意見・ご感想は右のＱＲコードから、
あるいは以下のワードで検索をかけてください。

アルファポリス　書籍の感想　検索

ご感想はこちらから

本書はWebサイト「アルファポリス」（https://www.alphapolis.co.jp/）に投稿されたものを、改稿、加筆のうえ、書籍化したものです。

異世界《いせかい》ゆるり紀行《きこう》 ～子育《こそだ》てしながら冒険者《ぼうけんしゃ》します～ 9

水無月静琉（みなづきしずる）

2020年9月30日初版発行

編集ー村上達哉・篠木歩
編集長ー太田鉄平
発行者ー梶本雄介
発行所ー株式会社アルファポリス
〒150-6008 東京都渋谷区恵比寿4-20-3 恵比寿ｶﾞｰﾃﾞﾝﾌﾟﾚｲｽﾀﾜｰ8F
TEL 03-6277-1601（営業）　03-6277-1602（編集）
URL https://www.alphapolis.co.jp/
発売元ー株式会社星雲社（共同出版社・流通責任出版社）
〒112-0005 東京都文京区水道1-3-30
TEL 03-3868-3275
装丁・本文イラストーやまかわ
装丁デザインーAFTERGLOW
印刷ー中央精版印刷株式会社

価格はカバーに表示されてあります。

落丁乱丁の場合はアルファポリスまでご連絡ください。

送料は小社負担でお取り替えします。


ISBN978-4-434-27887-7 C0093